魔法科高中的劣等生 14

The irregular at magic high school

古都內亂篇〈上〉

佐島勤 Tsutomu Sato
illustration／石田可奈 Kana Ishida
illustrator assistant／ジミー・ストーン、末永康子

The irregular
at magic high school

四葉真夜
四葉家的現任當家，也是達也的姨母。別名
「極東魔王」、「闇夜女王」的魔法師。
暗中操縱最凶最狠的魔法兵器——
當代最強魔法師。她真正的企圖是

背負某項缺陷的劣等生哥哥。
一切完美無瑕的優等生妹妹。
這對兄妹就讀魔法科高中之後，

風波不斷的每一天就此揭開序幕——

魔法科高中的劣等生 14

The irregular at magic high school

古都內亂篇〈上〉

佐島 勤
Tsutomu Sato
illustration
石田可奈
Kana Ishida

Kadokawa Fantastic Novels

Character
登場角色介紹

司波達也

就讀於二年E班。
進入新設立的魔工科。
達觀一切。
妹妹深雪的「守護者」。

司波深雪

就讀於二年A班。達也的妹妹。
去年以首席成績入學的優等生。
擅長冷卻魔法。溺愛哥哥。

西城雷歐赫特

就讀於二年F班，達也的朋友。
二科生。擅長硬化魔法。
個性開朗。

千葉艾莉卡

就讀於二年F班，達也的朋友。
二科生。可愛的闖禍大王。

柴田美月

就讀於二年E班。
今年也和達也同班。
罹患靈子放射光過敏症。
有點少根筋的認真少女。

吉田幹比古

就讀於二年B班。今年起成為一科生。
出自古式魔法的名門。
從小就認識艾莉卡。

光井穗香

就讀於二年A班，深雪的同班同學。
擅長光波振動系魔法。
一旦擅自認定後就頗為一意孤行。

北山 雫

就讀於二年A班，深雪的同班同學。
擅長振動與加速系魔法。
情緒起伏鮮少展露於言表。

里美 昴

就讀於二年D班。
宛如美少年的少女。
個性開朗隨和。

英美・艾米莉雅・格爾迪・明智

就讀於二年B班，
隔代混血兒。
平常被稱為「艾咪」。
名門格爾迪家的子女。

櫻小路紅葉

就讀於二年B班，
昴與艾咪的朋友。
便服是哥德蘿莉風格。
喜歡主題樂園。

森崎 駿

就讀於二年A班，
深雪的同班同學。
擅長高速操作CAD。
身為一科生的自尊強烈。

十三束 鋼

就讀於二年E班。
別名「Range Zero」（射程距離零）。
「魔法格鬥武術」的高手。

七草真由美

畢業生。前任第一高中學生會會長。
現在升學至魔法大學。
擁有令異性著迷的
小惡魔個性。

中条 梓

三年級。繼真由美之後的
學生會會長。
生性膽小，
個性畏首畏尾。

市原鈴音

畢業生。前任學生會會計。
冷靜沉著的智慧型人物。
真由美的左右手。

服部刑部少丞範藏

三年級。前任學生會副會長。
繼克人之後的社團聯盟總長。

渡邊摩利

畢業生。前任風紀委員會委員長。
為真由美的好友，
各方面傾向好戰。

十文字克人

畢業生。前任社團聯盟總長。
現在升學至魔法大學。
達也形容為「如同巨巖般的人物」。

辰巳鋼太郎

畢業生。前任風紀委員。個性豪爽。

澤木 碧

三年級。風紀委員。
對女性化的名字耿耿於懷。

關本 勳

畢業生。前任風紀委員會成員。
論文競賽校內審查第二名。
犯下間諜行為。

五十里 啟

三年級。學生會會計。
魔法理論的成績
為全學年第一。
千代田花音的未婚夫。

桐原武明

三年級。劍術社成員。
關東劍術大賽
國中組冠軍。

千代田花音

三年級。繼摩利之後的
風紀委員長。
五十里啟的未婚妻。

壬生紗耶香

三年級。劍道社成員。
劍道大賽國中女子組
全國亞軍。

七草香澄

今年就讀魔法科高中的「新生」。
是七草真由美的妹妹，
泉美的雙胞胎姊姊。
個性活潑開朗。

七寶琢磨

擔任今年「新生」總代表的學生。
一科生。有力的魔法師家系
「師補十八家」之一
「七寶家」的長子。

七草泉美

今年就讀魔法科高中的「新生」。
是七草真由美的妹妹，
香澄的雙胞胎妹妹。
個性成熟穩重。

隅守賢人

就讀於一年G班的白種人少年。
父母從USNA歸化日本。

櫻井水波

今年就讀魔法科高中的「新生」。
立場是達也與深雪的表妹。
深雪的守護者候選人。

一条將輝

第三高中的二年級學生。
今年也參加九校戰。「十師族」
一条家的下任當家。

吉祥寺真紅郎

第三高中的二年級學生。
今年也參加九校戰。
以「始源喬治」的
別名眾所皆知。

一条剛毅

將輝的父親。
十師族一条家現任當家。

一条美登里

將輝的母親。
個性溫和，廚藝高明。

一条 茜

一条家長女，將輝的妹妹。
今年就讀當地的名門私立中學。
心儀真紅郎。

一条瑠璃

一条家次女，將輝的妹妹。
我行我素，行事可靠。

珍妮佛・史密斯

歸化日本的白種人。達也的班級
與魔法工學課程的指導教師。

平河小春

畢業生。在去年以工程師身分
參加九校戰。
主動放棄參加論文競賽。

平河千秋

就讀於二年E班。
敵視達也。

千倉朝子

三年級。九校戰新項目
「堅盾對壘」的女子單人賽選手。

五十嵐亞實

畢業生。兩項競賽社前任社長。

五十嵐鷹輔

二年級。亞實的弟弟。個性有些懦弱。

三七上凱利

三年級。九校戰
「祕碑解碼」正規賽的
男生選手。

安宿怜美

第一高中的保健醫生。
穩重溫柔的笑容
大受男學生歡迎。

廿樂計夫

第一高中教師。
擅長魔法幾何學。
論文競賽的負責人。

小野 遙

第一高中的綜合輔導老師。
生性容易被欺負，
卻有不為人知的另一面。

周公瑾

安排大亞聯盟的呂與陳
來到橫濱的俊美青年。
在中華街活動的神秘人物。

陳祥山

大亞聯軍
特殊作戰部隊隊長。
為人心狠手辣。

呂剛虎

大亞聯軍
特殊作戰部隊的
王牌魔法師。
別名「食人虎」。

鈴

森崎拯救的少女。
全名是「孫美鈴」。
香港國際犯罪組織
「無頭龍」的新領袖。

鳴瀨晴海

雫的表哥。國立魔法大學附設
第四高中的學生。

九重八雲

擅長古式魔法「忍術」。
達也的體術師父。

九島 烈

被譽為世界最強魔法師之一的人物。
眾人尊稱為「宗師」。

九島真言

日本魔法界長老九島烈的兒子，
九島家現任當家。

九島光宣

真言的兒子。
雖是國立魔法大學
附設第二高中的一年級學生，
但因為經常生病幾乎沒上學。
和藤林響子是同母異父的姊弟。

九鬼 鎮

服從九島家的師補十八家之一。
尊稱九島烈為「老師」。

小和村真紀

實力足以在著名電影獎
入圍最佳女主角的女星。
不只是美貌，演技也得到認同。

風間玄信

陸軍101旅
獨立魔裝大隊隊長。
階級為少校。

真田繁留

陸軍101旅
獨立魔裝大隊幹部。
階級為上尉。

藤林響子

擔任風間副官的女性軍官。
階級為少尉。

佐伯廣海

國防陸軍101旅旅長。階級為少將。
獨立魔裝大隊隊長風間玄信的長官。
外貌使她擁有「銀狐」的別名。

柳 連

陸軍101旅獨立魔裝大隊幹部。
階級為上尉。

山中幸典

陸軍101旅獨立魔裝大隊幹部。
少校軍醫，一級治癒魔法師。

酒井

國防陸軍總司令部軍官，階級為上校。
被視為反大亞聯盟的強硬派。

名倉三郎

受雇於七草家的強力魔法師。
主要擔任真由美的貼身護衛。

千葉壽和

千葉艾莉卡的大哥，
警察省國家公務員。
乍看之下像是
遊手好閒的人。

千葉修次

千葉艾莉卡的二哥，
摩利的男友。
具備千刃流劍術免許皆傳資格。
別名「千葉的麒麟兒」。

稻垣

警察省的巡查部長。
千葉壽和的部下。

安娜・羅瑟・鹿取

艾莉卡的母親。日德混血兒，
曾是艾莉卡的父親——
千葉家當家的「小妾」。

北山 潮

雫的父親。企業界的大人物。
商業假名是北山潮。

北山紅音

雫的母親。
曾以振動系魔法聞名的
A級魔法師。

北山 航

雫的弟弟。小學六年級。
非常仰慕姊姊。
目標是成為魔工技師。

七草弘一

真由美的父親，七草家當家。
也是超一流的魔法師。

四葉真夜

達也與深雪的姨母。
深夜的雙胞胎妹妹。
四葉家現任當家。

葉山

服侍真夜的高齡管家。

黑羽 貢

司波深夜、四葉真夜的表弟。
亞夜子、文彌的父親。

黑羽亞夜子

達也與深雪的從表妹。
和弟弟文彌是雙胞胎。
第四高中的學生。

黑羽文彌

四葉下任當家候選人。
達也與深雪的從表弟。
和姊姊亞夜子是雙胞胎。
第四高中的學生。

司波深夜

達也與深雪的母親。已故。
唯一擅長精神構造干涉魔法的
魔法師。

櫻井穗波

深夜的「守護者」。已故。
受到基因操作，強化魔法
天分而成的調整體魔法師
「櫻」系列第一代。

司波小百合

達也與深雪的後母。
厭惡兩人。

牛山

FLT的CAD開發第三課主任。
受到達也的信任。

恩斯特・羅瑟

首屈一指的CAD製作公司
羅瑟魔工所日本分公司社長。

琵庫希

魔法科高中擁有的家事輔助機器人。
正式名稱是3H（Humanoid Home Helper：
人型家事輔助機械）P94型。

安潔莉娜・庫都・希爾茲

USNA魔法師部隊「STARS」的總隊長。
階級是少校。暱稱是莉娜。
也是戰略級魔法師「十三使徒」之一。

瓦吉妮雅・巴藍斯

USNA統合參謀總部情報部內部監察局第一副局長。
階級是上校。來到日本支援莉娜。

希兒薇雅・瑪裘利・法斯特

USNA魔法師部隊「STARS」的行星級魔法師。階級是准尉。
暱稱是希兒薇，姓氏來自軍用代號「第一水星」。
在日本執行作戰時，擔任希利鄔斯少校的輔佐。

班哲明・卡諾普斯

USNA魔法師部隊「STARS」第二把交椅。
階級是少校。希利鄔斯少校不在時的
代理總隊長。

米卡艾拉・弘格

USNA派到日本的間諜
（正職是國防總署的魔法研究人員）。
暱稱是米亞。

亞弗列德・佛瑪浩特

USNA魔法師部隊「STARS」的一等星魔法師。
階級是中尉。暱稱是弗列迪。

克蕾雅

獵人Q——沒能成為「STARS」的
魔法師部隊「STARDUST」的女兵。
Q意味著追蹤部隊的第17順位。

查爾斯・沙立文

USNA魔法師部隊「STARS」的衛星級魔法師。
別名「第二魔星」。

瑞琪兒

獵人R——沒能成為「STARS」的
魔法師部隊「STARDUST」的女兵。
R意味著追蹤部隊的第18順位。

雷蒙德・S・克拉克

雫留學的USNA柏克萊某高中的同學。
是名動不動就主動對雫示好的白人少年。
真實身分是「七賢人」之一。

顧傑

「七賢人」之一。別名紀德・黑顧，
大漢軍方術士部隊的倖存者。

Glossary
用語解說

魔法科高中
國立魔法大學附設高中的通稱，全國總共設立九所學校。
其中的第一至第三高中，每學年招收兩百名學生，
並且分為一科生與二科生。

花冠、雜草
第一高中用來形容一科生與二科生階級差異的隱語。
一科生制服的左胸口繡著以八枚花瓣組成的徽章，
不過二科生制服沒有。

一科生的徽章

CAD
簡化魔法發動程序的裝置，
內部儲存使用魔法所需的程式。
分成特化型與泛用型，外型也是各有不同。

Four Leaves Technology〔FLT〕
國內一家CAD製造公司。
原本該公司製造的魔法工學零件比成品有名，
但在開發「銀式」之後，
搖身一變成為知名的CAD製造公司。

司波達也的CAD

托拉斯・西爾弗
短短一年就讓特化型CAD的軟體技術進步十年，
而為人所稱頌的天才技師。

司波深雪的CAD

Eidos〔個別情報體〕
原為希臘哲學用語。在現代魔法學，個別情報體指的是
「伴隨事物現象而來的情報」，是「事象」曾經存在於
「世界」的記錄，也可以說是「事象」留在「世界」的足跡。
依照現代魔法學的定義，「魔法」就是修改個別情報體，
藉以改寫個別情報體所代表的「事象」的技術。

Idea〔情報體次元〕
原為希臘哲學用語。在現代魔法學，情報體次元指的是「用來記錄個別情報體的平台」。
魔法的原始形態，就是將魔法式輸入這個名為「情報體次元」的平台，
改寫平台裡「個別情報體」的技術。

啟動式
為魔法的設計圖，用來構築魔法的程式。
啟動式的資料檔案，是以壓縮形式儲存在CAD，魔法師輸入想子波展開程式之後，
啟動式會依照資料內容轉換為訊號，並且回傳給魔法師。

想子
位於靈異現象次元的非物質粒子，記錄認知與思考結果的情報元素。
成為現代魔法理論基礎的「個別情報體」，成為現代魔法骨幹的「啟動式」和
「魔法式」技術，都是由想子建構而成。

靈子
位於靈異現象次元的非物質粒子。雖然已經確認其存在，但是形態與功能尚未解析成功。
一般的魔法師，頂多只能「感覺到」活化狀態的靈子。

魔法師
「魔法技能師」的簡稱。能將魔法施展到實用等級的人，統稱為魔法技能師。

魔法式
用來暫時改變伴隨事物現象而來的情報之情報體。由魔法師持有的想子構築而成。

魔法演算領域

構築魔法式的精神領域，也就是魔法資質的主體。該處位於魔法師的潛意識領域，魔法師平常可以意識到魔法演算領域並且使用，卻無法意識到內部的處理過程。對魔法師本人來說，魔法演算領域也堪稱是個黑盒子。

魔法式的輸出程序

❶從CAD接收啟動式，這個步驟稱為「讀取啟動式」。
❷在啟動式加入變數，送入魔法演算領域。
❸依照啟動式與變數構築魔法式。
❹將構築完成的魔法式，傳送到潛意識領域最上層暨意識領域最底層的「基幹」，從意識與潛意識之間的「閘門」輸出到情報體次元。
❺輸出到情報體次元的魔法式，會干涉指定座標的個別情報體進行改寫。

「實用等級」魔法師的標準，是在施展單一系統暨單一工序的魔法時，於半秒內完成這些程序。

魔法的評價基準（魔法力）

構築想子情報體的速度是魔法的處理能力、
構築情報體的規模上限是魔法的容納能力、
魔法式改寫個別情報體的強度是魔法的干涉能力，
這三項能力總稱為魔法力。

始源碼假說

主張「加速、加重、移動、振動、聚合、發散、吸收、釋放」四大系統八大種類的魔法，各自擁有正向與負向共計十六種基礎魔法式，以這十六種魔法式搭配組合，就能構築所有系統魔法的理論。

系統魔法

歸類為四大系統八大種類的魔法。

系統外魔法

並非操作物質現象，而是操作精神現象的魔法統稱。
從使喚靈異存在的神靈魔法、精靈魔法，或是讀心、靈魂出竅、意識操控等，包括的種類琳琅滿目。

十師族

日本最強的魔法師集團。一条、一之倉、一色、二木、二階堂、二瓶、三矢、三日月、四葉、五輪、五頭、五味、六塚、六角、六鄉、六本木、七草、七寶、七夕、七瀨、八代、八朔、八幡、九島、九鬼、九頭見、十文字、十山共二十八個家系，每四年召開一次「十師族甄選會議」，選出的十個家系就稱為「十師族」。

含數家系

如同「十師族」的姓氏有一到十的數字，「百家」之中的主流家系姓氏也有十一以上的數字，例如「『千』代田」、「『五十』里」、「『千』葉」家。
數字大小不代表實力強弱，但姓氏有數字就代表血統純正，可以作為推測魔法師實力的依據之一。

失數家系

亦被簡稱「失數」，是「數字」遭受剝奪的魔法師族群。
昔日魔法師被視為兵器暨實驗樣本的時候，評定為「成功案例」得到數字姓氏的魔法師，要是沒有立下「成功案例」應有的成績，就得接受這樣的烙印。

各式各樣的魔法

● 悲嘆冥河
凍結精神的系統外魔法。凍結的精神無法命令肉體死亡，
中了這個魔法的對象，肉體將會隨著精神的「靜止」而停止、僵硬。
依照觀測，精神與肉體的相互作用，也可能導致部分肉體結晶化。

● 地鳴
以獨立情報體「精靈」為媒介振動地面的古式魔法。

● 術式解散
把建構魔法的魔法式，分解為構造無意義的想子粒子群的魔法。
魔法式作用於伴隨事象而來的情報體，基於這種性質，魔法式的情報結構一定會曝光，無法防止外力進行干涉。

● 術式解體
將想子粒子群壓縮成塊，不經由情報體次元直接射向目標物引爆，摧毀目標物的啟動式或魔法式這種紀錄魔法的想子情報體，屬於無系統魔法。
即使歸類為魔法，但只是一種想子砲彈，結構不包含改變事象的魔法式，因此不受情報強化或領域干涉的影響。此外，砲彈本身的壓力也足以反彈演算干擾的影響。由於完全沒有物理作用力，任何障礙物都無法防堵。

● 地雷原
泥土、岩石、砂子、水泥，不拘任何材質，
總之只要是具備「地面」概念的固體，就能施以強力振動的魔法。

● 地裂
由獨立情報體「精靈」為媒介，以線形壓潰地面，
使地面乍看之下彷彿裂開的魔法。

● 乾冰雹暴
聚集空氣中的二氧化碳製作成乾冰粒，
將凍結過程剩餘的熱能轉換為動能，高速射出乾冰粒的魔法。

● 迅襲雷蛇
在「乾冰雹暴」製造乾冰顆粒時，凝結乾冰氣化產生的水蒸氣，
溶入二氧化碳氣體使其形成高導電霧，再以振動系與釋放系魔法產生摩擦靜電。以溶入碳酸的水霧或水滴為導線，朝對方施展電擊的組合魔法。

● 冰霧神域
振動減速系廣域魔法。冷卻大容積的空氣並操縱其移動，
造成廣範圍的凍結效果。
簡單來說，就像是製造超大冰箱一樣。
發動時產生的白霧，是在空中凍結的冰或乾冰。
但要是提升層級，有時也會混入凝結為液態氮的霧。

● 爆裂
將目標物內部液體氣化的發散系魔法。
如果是生物就是體液氣化導致身體破裂，
如果是以內燃機為動力的機械就是燃料氣化爆炸。
燃料電池也不例外。即使沒有搭載可燃的燃料，無論是電池液、油壓液、冷卻液或潤滑液，世間沒有機械不搭載任何液體，因此只要「爆裂」發動，幾乎所有機械都會毀損而停止運作。

● 亂髮
不是指定角度改變風向，而是為了造成「絆腳」的含糊結果操作氣流，以極接近地面的氣流促使草葉纏住對方雙腳的古式魔法。只能在草長得夠高的原野使用。

魔法劍

使用魔法的戰鬥方式，除了以魔法本身為武器作戰，還有以魔法強化、操作武器的技術。
以魔法配合槍、弓箭等射擊武器的術式為主流，不過在日本，劍技與魔法組合而成的「劍術」也很發達。
現代魔法與古式魔法兩種領域，都開發出堪稱「魔法劍」的專用魔法。

1.高頻刃

高速振動刀身，接觸物體時傳導超越分子結合力的振動，將固體局部液化之後斬斷的魔法。和防止刀身自我毀壞的術式配套使用。

2.壓斬

使劍尖朝揮砍方向的水平兩側產生排斥力，將劍刃接觸的物體像是左右推壓般割斷的魔法。排斥力場細得未滿一公釐，強度卻足以影響光波，因此從正面看劍尖是一條黑線。

3.童子斬

被視為源氏祕劍而相傳至今的古式魔法。遙控兩把刀再加上手上的刀，以三把刀包圍對手並同時砍下的魔法劍技。以同音的「童子斬」隱藏原本「同時斬」的意義。

4.斬鐵

千葉一門的祕劍。不是將刀視為鋼塊或鐵塊，而是定義為「刀」這種單一概念，依循魔法式所設定的刀路而動的移動系統魔法。被定義為單一概念的「刀」如同單分子結晶之刃，不會折斷、彎曲或缺角，將會沿著刀路劈開所有物體。

5.迅雷斬鐵

以專用武裝演算裝置「雷丸」施展的「斬鐵」進化型。將刀與劍士定義為單一集合概念，因此從接觸敵人到出招的一連串動作，都能毫無誤差地高速執行。

6.山怒濤

以全長一八〇公分的大型專用武器「大蛇丸」所施展的千葉一門的祕劍。將己身與刀的慣性減低到極限並高速接近對手，在交鋒瞬間將至今消除的慣性疊加，提升刀身慣性後砍向對方。這股偽造的慣性質量和助跑距離成正比，最高可達十噸。

7.薄翼蜻蜓

將奈米碳管編織為厚度十億分之五公尺的極致薄膜，再以硬化魔法固定為全平面而化為刀刃的魔法。薄翼蜻蜓製成的刀身比任何刀劍或剃刀都要銳利，但術式不支援揮刀動作，因此術士必須具備足夠的刀劍造詣與臂力。

戰略級魔法師──十三使徒

現代魔法是在高度科技之中培育而成，因此能開發強力軍事魔法的國家有限，導致只有少數國家能開發匹敵大規模破壞兵器的戰略級魔法。

不過，開發成功的魔法會提供給同盟國，高度適合使用戰略級魔法的同盟國魔法師，也可能被認證為戰略級魔法師。

在2095年4月，各國認定適合使用戰略級魔法，並且對外公開身分的魔法師共十三名。他們被稱為「十三使徒」，公認是世界軍事平衡的重要因素。

十三使徒的國籍、姓名與戰略級魔法名稱如下所述：

USNA

安吉・希利鄔斯：「重金屬爆散」
艾里歐特・米勒：「利維坦」
羅蘭・巴特：「利維坦」
※其中只有安吉・希利鄔斯任職於STARS。艾里歐特・米勒位於阿拉斯加基地，羅蘭・巴特位於國外的直布羅陀基地，兩人基本上不會出動。

新蘇維埃聯邦

伊果・安德烈維齊・貝佐布拉佐夫：「水霧炸彈」
列昂尼德・肯德拉切科：「大地紅軍」
※肯德拉切科年事已高，基本上不會離開黑海基地。

大亞細亞聯盟

劉雲德：「霹靂塔」
※劉雲德已於2095年10月31日的對日戰鬥中戰死。

印度、波斯聯邦

巴拉特・錢德勒・坎恩：「神焰沉爆」

日本

五輪 澪：「深淵」

巴西

米吉爾・迪亞斯：「同步線性融合」
※魔法式為USNA提供。

英國

威廉・馬克羅德：「臭氧循環」

德國

卡拉・施米特：「臭氧循環」
※臭氧循環的原型，是分裂前的歐盟因應臭氧層破洞而共同研發的魔法。後來由英國完成，依照協定向前歐盟各國公開魔法式。

土耳其

阿里・夏亨：「巴哈姆特」
※魔法式為USNA與日本所共同開發完成，由日本主導提供。

泰國

梭姆・查伊・班納克：「神焰沉爆」
※魔法式為印度、波斯聯邦提供。

The International Situation

2096年現在的世界情勢

以全球寒冷化為直接契機的第三次世界大戰──二十年世界連續戰爭大幅改寫了世界地圖。世界現狀如下所述：

USA合併加拿大以及墨西哥到巴拿馬等各國，組成北美利堅大陸合眾國（USNA）。

俄羅斯再度吸收烏克蘭與白俄羅斯，組成新蘇維埃聯邦（新蘇聯）。

中國征服緬甸北部、越南北部、寮國北部以及朝鮮半島，組成大亞細亞聯盟（大亞聯盟）。

印度與伊朗併吞中亞各國（土庫曼、烏茲別克、塔吉克、阿富汗）以及南亞各國（巴基斯坦、尼泊爾、不丹、孟加拉、斯里蘭卡），組成印度、波斯聯邦。

亞洲阿拉伯其餘國家，分區締結軍事同盟，對抗新蘇聯、大亞聯盟以及印度、波斯聯邦三大國。

澳洲選擇實質鎖國。

歐洲整合失敗，以德國與法國為界分裂為東西兩側。東歐與西歐也沒能各自整合為單一國家，團結力甚至不如戰前。

非洲各國半數完全消滅，倖存的國家也只能勉強維持都市周邊的統治權。

南美除了巴西，都處於地方政府各自為政的小國分立狀態。

The irregular at magic high school

九重八雲擔任住持的「九重寺」位於舊東京都府中市的小山丘上。該寺廟致力於「粗活方面」的志工活動（寺方表示這是「修行的一環」）和鄰近居民建立良好關係，融入當地社會，成為市區不可或缺的要素之一。

所以，要是市民有機會看到這裡的古老詳細地圖，應該會很驚訝吧。這裡說的「古老」其實只要大約一百年前就行，只要是真正的地圖就好。

看過地圖就知道，這裡原本沒有寺廟。

看過地圖就知道，這種地方昔日沒有山丘。

二十年世界連續戰爭後期，以調布機場為中心，調布、府中加上三鷹的武藏野地區部署了首都圈防衛部隊。因此，基於兵民分離的原則，這些地區的居民疏散了十年左右。九重寺座落的山丘，是使用當時建造大規模地底防衛設施時挖出來的餘土堆積而成。

很遺憾，首都圈在戰爭時也無法倖免於難，但是多虧這座「武藏野對空要塞」，舊東京都區域毫無損害。相對的，防衛陣地遭受多方勢力的攻擊，不過在這方面上，疏散居民也可說是並非徒勞無功。

因此，市區與居民的連結會出現空窗期，也是在所難免。直到戰爭結束，以國家預算重建城鎮之後，人們才回到自己的「居所」。不過家鄉沒能完全復元。

地底防衛設施沒有拆除，只封鎖出入口了事，隨著區域重劃而無法回到原本住家的家庭也不在少數。率先導入的先進交通系統，也令市區景色變得帶有些許未來氣息。

追加的不只是少人數高密度運輸型公共交通機構「電動車廂」行走的高架軌道，市區風景中還增加了其他的新事物、傳統事物及各種大大小小的設施。「建立在小山丘上的大寺廟」──也就是九重寺，也是其中之一。

這座寺廟擁有稍微……應該說相當難以形容為「平凡」的背景。前任住持（也就是八雲的師父）答應協助魔法技能師開發第九研究所，代價就是得到這座設施兼住所，作為培育弟子（與其說是僧侶的弟子，實際意義應該更偏向是「忍者」的弟子）的據點。

因此，九重寺為求掩人耳目，外觀打造得特別古色古香，圍牆內側的地面建築也是參考二十世紀的風格。

相反的，用為訓練設施的地底挖得很深，以最先進技術打造出比地面區域更寬敞的空間。不只是古式魔法的訓練，即使用為現代魔法的訓練設施，也是當時的最高水準。

風間介紹達也給八雲，就是考量到能夠利用這座地底設施。八雲身為體術師的實力也是超一流，但風間的目的不只是加強達也的體術。他延攬達也從軍，並不是將達也當成「普通」的近戰要員，始終是期待達也成為能在前線活動的極強魔法師。

可以進行體術指導與魔法訓練的設施。風間知道達也家和九重寺近到可說是鄰鎮的距離時，就沒有理由不選擇利用這裡。

達也現在來到九重寺地底訓練設施的最底層。這間訓練室的牆壁、地板與天花板，從內側依序是十公分厚的水泥牆、三十公分厚的鉛板，及六十公分厚的中子遮蔽水泥牆等三層構造。

不是核災防空洞，始終只是個魔法訓練室。那麼為何需要如此嚴密的輻射遮蔽措施呢？原因在於二十一世紀魔法發展至今的歷史。

現代魔法的研究與開發，始於西元一九九九年一名美國警察以當時還被稱為「超能力」的特異能力阻止核子恐怖攻擊的事件。因為這段歷史，所以開發現代魔法的初期目的，主要是當成對抗核災威脅的手段，具體來說是阻止、控制核分裂，以及將輻射隔絕、無害化。

皇天不負苦心人，這樣的重點研究使得中子護罩與γ射線濾膜達到堪稱完成的境界。即使如此，核災對抗方法的開發與改良，至今依然被列為魔法技能開發的重點項目。

只不過，達也待在這個房間，並不是要練習輻射隔絕魔法，也不是要改良核分裂控制魔法。在某種意義上來說，正好完全相反。

現在這間地底訓練室是一座水池，卻也不是為了游泳而注水。肩膀以上露出水面的達也身穿短袖訓練服，手握手槍造型的ＣＡＤ。一般來說，這並非下水游泳的裝扮，但他的臉與頭髮都已濕透了。

他右手握的不是自己愛用的銀鏃改造機。從這把ＣＡＤ毫無裝飾的表面來看，就知道這明顯是試製品。最大的差異，在於槍身前端的下方有加裝類似刺刀的元件。形容為「類似」是因為這個元件沒有刀鋒也沒有刀尖，只是一塊厚金屬板如同刺刀般加裝在該處。

達也用位於水中的右手扣下扳機。在水中展開的「兩個」啟動式被吸入他的右手。一個啟動式是從手槍造型ＣＡＤ輸出，另一個啟動式是從類似刺刀的附屬元件輸出。

魔法式作用於附屬物。ＣＡＤ前端的水開始冒泡。達也從緊咬的牙關之間發出呻吟，屈下膝蓋。達也的右手因為嚴重燒燙傷而紅黑潰爛，其疼痛使他痛到放開ＣＡＤ。

達也連頭頂都沉入水中，接著又立刻重整態勢起身。頭髮弄濕應該是因為他反覆進行這個動作所致。他氣喘吁吁，將右手舉到眼前反覆放鬆再握緊。他使用了「重組」所以沒有燒燙傷痕跡，卻依然因為剛才傷重到無法立刻拭去復原的突兀感，半下意識地做出這個動作。

他將終於恢復知覺的右手伸入水中，用手指抓住上浮的ＣＡＤ。沉入水底時失去前端的刺刀狀附屬元件也已經「重組」復元。

達也再度在水中架起ＣＡＤ。然而，此時卻有一個制止他的聲音在空無一人、空無一物的耳邊響起。

『達也，差不多是深夜了。』

八雲以振動空氣的法術（只有發動程序不同，實際上和ＵＳＮＡ魔法師部隊STARS的行星級魔法師希兒薇雅．瑪裘利．法斯特的術式相同）從室外對達也低語。

「……我知道了。」

雖然達也只是以正常音量回答，但他知道八雲是以法術接收他的聲音。

果然，他表達結束訓練的意願之後，注滿室內的水便立刻開始消退。達也等水完全消退，就以發散系魔法去除皮膚、頭髮與衣服上的水氣。

以他的魔法力，無法期待全身回復到完全乾燥的狀態，但他還是將衣服弄乾到不影響正常行動的程度，然後以加重系魔法切換牆壁另一側的房門開關。這個房間基於其性質，牆壁內側無法設置電器用品。

（要是不能使用魔法，這裡就是密室了……）

達也重新思索這種馬後砲的事，抓住通往地面的梯子——電梯的電源已被八雲關閉了。

◇　◇　◇

西元二〇九六年九月二十三日，星期日。即使達也昨晚快凌晨十二點才返家，他今天早上依然外出晨練。以家用伺服器的留言確認這件事的深雪，才起床沒多久就有點擔心起達也了。

按哥哥的個性，即使她說「不要勉強自己」，也無法阻止他。不對，要是加上眼淚攻勢，哥哥或許會「稍微」聽她的話，但應該也只能有短暫的效果。女人的武器在上個月才用過一次。深雪抱著些許死心的念頭心想，淚水還是保留到更關鍵的時刻再用好了。

水波已開始在廚房準備早餐。最近深雪與水波的默契也進步不少，餐點的準備改為輪班制。由於家庭自動化系統的進步，除非是特別狀況，否則料理不會花太多工夫，所以搶著使用廚房的模樣在旁人看來有點滑稽。兩人慢了好幾拍才察覺這一點。

基於上述原因，深雪將掌廚的工作交給水波，自己則前往浴室。

她在更衣間操作ＨＡＲ，取出達也的換洗衣物。雖然也包括內褲，但深雪並不會因此感到難為情。

即使是敬愛的哥哥所穿的衣物，不過男性內褲擺在面前時，還是像個純真少女展現嬌羞的模樣比較好吧？其實深雪在國三的時候這麼想過。但她想像自己看著哥哥內褲臉紅的模樣，又改變了想法，覺得「這樣比起純真少女更像變態」——她露出開心笑容勤快地幫哥哥做淋浴準備的模樣，旁人看在眼裡或許會覺得深雪就各方面而言已經回天乏術了吧。雖然絕對不會當著深雪本人的面告訴她這種事就是了。

俐落進行哥哥返家準備的深雪，正要擺好毛巾完成最後收尾時，就直接（也就是拿著毛巾）

快步走向玄關。她不會在家裡跑步，這不是淑女會做的事。即使不在哥哥面前，深雪在心態上也無法做出配不上哥哥的行為舉止。

大門透過生體認證解鎖的聲音傳到起居室與廚房。水波停止監視料理進度走出廚房時，深雪早已在玄關待命。

「哥哥，歡迎回來。」

「我回來了。」

「……達也哥哥，歡迎回來。」

中間的短暫停頓，是水波從廚房趕到玄關所需的時間。她也在開鎖鈴聲響起的同時走出廚房，但今天早上再度大幅落後深雪。水波剛來到這個家的時候，對這件事難掩不甘心的情緒，但最近已經完全看開了。

這是正確的心態。奇怪的人是明明不是在戰鬥，卻能在五十公尺以外的距離正確捕捉到達也氣息的深雪。水波臉上沒露出傻眼的表情，甚至是值得稱讚的一件事了。

「哥哥，已經為您做好淋浴準備了。」

「謝謝。」

達也接過毛巾前往浴室，深雪則掛著非常幸福的笑容跟在哥哥身後。

這一幕令水波暗自嘆氣。即使是入住家中的侍女，這點程度的宣洩也是可被允許的吧。

今天是星期日，不過基於前述原因，司波家的早晨依照一如往常的時間表進行。這麼做的結果，就是用完早餐之後會進入悠閒的茶水時間。深雪妥協將早餐交給水波準備，卻沒有讓出為達也泡茶的工作。水波也有所學習，在這段時間負責打掃或洗衣，以免受到甜蜜氣氛的打擊。

一如往常用心泡的咖啡得到達也的讚賞之後，深雪自己也總算坐了下來。

「哥哥，我想請教一件事。」

她突然下定決心，開口向達也詢問自己這陣子一直在意的某件事。

「什麼事？」

雖然語氣愛理不理，但達也對妹妹說話的聲音依然溫柔。深雪因他的溫柔語調而獲得勇氣，拋棄最後的猶豫。

「哥哥為什麼沒被提名參加今年的論文競賽？我知道四月在操場進行的恆星爐實驗，使得您不用和其他魔工科學生一樣繳交論文參加甄選，但校方沒禁止您參加吧？」

「嗯，沒人叫我別參加。」

大概是覺得「禁賽」這種想法很好笑，達也嘴唇浮現笑意，搖了搖頭。

「那麼，為什麼……？」

「因為沒時間。」

深雪再度提出簡短詢問，達也的回答一樣簡短，但和妹妹的提問不同，內容簡單明瞭。

「會沒時間……和哥哥每天練習到很晚的魔法有關嗎？」

深雪有些猶豫地再度詢問。自己是否可以繼續深入這件事？她感到迷惘與畏懼。

「沒錯，虧妳猜得出來。」

不過，達也的手伸向了坐在身旁的深雪頭上。他輕輕撫摸妹妹的頭髮，這個動作和話語一樣蘊含稱讚之意。溫柔的觸感融化了深雪內心殘留的躊躇。

「難道哥哥最近很努力在做的不是練習魔法，而是開發新魔法？」

「不愧是深雪，真了解我。」

比起撫摸秀髮的手，這句話更令深雪心跳加速。但她也知道這句話一半以上是客套話，應該說是玩笑話。

如果只是要習得現有的魔法，達也不可能那麼辛苦。植入他體內的虛擬魔法演算領域，雖然輸出魔法的威力不高，卻能夠完全複製魔法式加以運用。基於這個性質，無論是任何魔法，只要「完全」了解魔法式的構造，達也就能將其維持在「隨時能發動」的狀態，接下來就是處理能力的問題了。只要是可以發動的魔法，達也無須練習也能立刻使用；如果是不可能發動的魔法，那再怎麼練習也無法執行。而只要擁有達也那樣的「視力」與分析能力，就不可能存在著無法解析的魔法式。

既然他會每天都辛苦到那麼晚，就不可能是現有的魔法。

「我從三月開始開發這個魔法。雖然這麼說，但一開始也花了不少工夫分析理論，直到六月才終於進入設計魔法式的階段，所以實在沒空顧及論文競賽。」

達也說完笑了，但聽到這番話的深雪笑不出來。第一個原因在於這位哥哥——在神祕天才魔工師托拉斯·西爾弗之中負責理論層面的「西爾弗」，居然光是分析理論就花費了三個月。第二個原因在於達也從三月開始開發這件事。

「哥哥正在致力開發的新魔法……該不會是起因於您和莉娜的對決吧？」

「虧妳猜得出來。」

達也回答的話語和剛才相同，語意卻差很多。這次話中包含了由衷的驚訝與讚賞。達也由衷佩服只憑著這些線索，就幾乎得出正確答案的深雪。

「我現在在開發的魔法，是利用了FAE理論的近距離直接攻擊術式。」

「FAE理論……嗎？記得是莉娜的武器所使用的理論吧？」

「嗯，莉娜使用的戰術級可攜式魔法兵器『布里歐奈克』，就是以這個魔法理論為根基……FAE，全名Free After Execution。」

達也語氣中的感慨，是對仿造出神器布里歐奈克的製作技師表達敬意？還是競爭意識？深雪覺得兩者皆非，卻又兩者皆是。

「因魔法改寫而產生的事象，原本不是這個世界應有的，所以剛改寫的事象，承受的物理法則束縛較為寬鬆。因此，在正常的物理法則還沒產生作用的這段短暫延遲時間內，可以使用遠低於一般改寫事象所需的干涉力發動下一個魔法。FAE理論就是這樣的假設。」

達也說到這裡察覺自己的錯誤，露出苦笑搖頭。

「不，這不是假設。布里歐奈克已經證實FAE理論是正確的了。」

「哥哥，不好意思，您說的這番話，我從以前就有一個地方不懂，能請您教教我嗎？」

深雪的詢問不只是單純附和，而是基於求知心態，想藉機解決內心的疑問。如果單純只是艱深的理論，她或許會避免勞煩哥哥，但FAE理論和莉娜使用的魔法有關，深雪不允許自己繼續這樣不明就裡。

「好啊，不用客氣。」

「只要不是單一工序的魔法，魔法都是以連續的工序組成，而且大多是上一個工序改寫事象之後，下一個工序繼而產生作用。不過即使是這種魔法，我在使用時也不覺得後續工序是輕鬆發動的，這樣不就違反FAE理論了嗎？」

「原來如此……」

達也聽完深雪的詢問，以像是被指出盲點的表情點頭。

「或許在魔法師之間，普遍都會有這樣的誤解吧。」

不過，達也並不是因為深雪的指摘正確而覺得出乎意料，是因為連深雪這麼優秀的魔法師都會有這樣的誤解而大感意外。

「您說的『誤解』是？」

「魔法工序本身並不是獨立的魔法。」

達也的簡短說明，使得深雪露出困惑的神色。

達也當然打算說明到妹妹聽懂。

「例如這個魔法……」

達也說著打開糖罐，以魔法讓罐裡的一顆方糖上升到水平視線的高度維持一秒，然後再放回糖罐裡。

「哥哥……雖然是調味料，但是這種糟蹋食物的舉動，我很不以為然。」

「啊，嗯，抱歉。」

而旁觀的深雪立刻出言訓誡，使得達也落得沒有思索藉口的餘地就必須道歉的下場。

哥哥率直道歉的模樣，使得深雪露出滿意的笑容。

「然後……」

達也感覺長幼失序而不太自在，稍微強硬地回到正題。

「雖然應該不用對妳多做說明，不過剛才使用的魔法，是普遍用於練習的初級術式『浮游』。這個魔法需要讓方糖浮在空中的加重系反重力魔法工序、讓方糖停留在空中的移動系停止魔法工序、讓方糖緩緩朝糖罐落下的加重系重力控制魔法工序、讓方糖不受衝擊地置於糖罐的移動系停止魔法工序，以上共四道工序。但聽妳一說，就覺得這種形容方式確實容易招致誤解。」

「請問哪裡出錯了？」

「並不是出錯，只是會讓人產生錯覺，以為四工序魔法是各工序獨立運作的魔法。」

「那是……錯覺嗎？」

深雪聽到意外的事實而持續感到困惑，達也對她深深點頭。

「浮游是四工序魔法，不過這四道工序合起來才會構成一個魔法。在發動魔法的階段，魔法式就已經構築到最後的停止工序，並且定義變數。如果魔法力並不足以供應這四道工序完整運作的話……」

達也說到這裡便停頓下來，像是要確定深雪是否理解般，注視她的雙眼。

「魔法不會是施展到一半中斷，而是從最初的反重力工序就不會產生作用。」

深雪露出恍然大悟的表情。

「說得也是……如果各工序是獨立的魔法，魔法應該是在魔法力不足的時候才中斷……而不是一開始就不發動。」

深雪自言自語般輕聲說著，拚命咀嚼達也剛才傳授的內容。

「魔法工序本身不是獨立的魔法，始終只是魔法的一部分。哥哥，是這樣吧？」

「一點都沒錯。不愧是深雪，理解得真快。」

達也投以笑容，令深雪害羞地移開目光。雖然純粹感到害羞也是她這麼做的部分原因之一，不過這次主要是為「這麼簡單的事情居然要哥哥教過才懂」感到羞恥。

達也並非在諷刺，是真的在稱讚深雪。深雪知道這一點，所以更覺得自己身為「這位哥哥」的妹妹卻不懂這麼簡單的道理很丟臉。

不過，大概是覺得不能一直不看哥哥吧，深雪朝達也強顏歡笑。

「不過這種事即使再怎麼懂理論，要是沒有實際體驗，很容易在『知覺層面上』產生誤解。畢竟魔法不是學問，是技能。如果沒有魔法不發動的經驗，就不會為箇中原因傷腦筋。」

達也對於他人的情緒並不敏感，但對方是深雪的話，就另當別論了。他看到妹妹消沉，就立刻出言安撫。

「再說，現在的重點不是魔法失敗的理由，而是『魔法工序說到底也只是求方便的定義』這個事實。只是在形成『現代魔法是從啟動式構築魔法式』這個架構時，將魔法式分解成名為工序的模組，會比較便於有效率地記述啟動式而已。」

而且，深雪當然也知道哥哥是在鼓勵她。達也在關心「深雪」這個人。深雪對此感到開心，強顏歡笑的表情因此柔和了些。

「我也終於聽懂哥哥的教導了。」

深雪輕敲自己的頭。「對不起，我是個駑鈍的妹妹。」她露出開玩笑的笑容。這張表情和她平常過於端正，甚至散發冰冷氛圍的美貌所產生的形象有相當大的反差，威力足以令達也差點想逃避現實。

「魔法工序始終只是魔法的一部分，所以魔法經過所有工序也只改變單一事象。單一工序結束時，依然還在改變事象的過程當中，所以這時候的事象變化不算是魔法改變的事象。因此，改變事象的難度不會依循FAE理論降低，對吧？」

「……沒錯。深雪，這個答案滿分。」

妹妹可愛地歪起頭來，使得達也又差點恍神了。他假裝細細回味深雪的答案，掩飾場中不自然產生的沉默，但要說是否真的瞞過了妹妹，他沒什麼自信。

深雪如同綻放爛漫花朵的笑容，拒絕達也做出不識趣的追究。

◇　◇　◇

休假時，那兩人究竟是怎麼度過的？

認識達也與深雪兩兄妹到某種程度的學長姊、同學與學弟妹（也就是一高大多數的學生）都會遭遇這個問題。然後……

——大概像是熱戀中的情侶，從早到晚甜甜蜜蜜吧？

——不不不，再怎麼樣也不會那麼誇張……頂多約會一整天吧？

——不，太天真了。如果是他們兩個，肯定已經突破最後防線……

會像這樣進行各方面的想像（妄想？）。

他們的想像部分正確。事實上，兩人在假日會「非常和睦」地度過，也會外出約會。

然而，卻也不是每次。其實達也週日經常不在家。原因幾乎都是前往FLT的研究所，或是被獨立魔裝大隊叫去。大概是水波來到司波家之後就不用擔心深雪單獨在家吧，他外出的頻率也增加了。

不過，達也今天沒有任何行程，最近難得看他這樣閒下來。深雪也沒要求外出。並不是因為週末即將舉行學生會長選舉，而是顧慮到達也因為修行而疲累的身體。

所以老實說，今天的深雪並不想接待訪客，即使是好友也不例外。何況這兩人即使和他們兄妹關係親密卻不能鬆懈，明知是自己人卻得提高警覺，所以深雪更不想讓這兩人進屋。

但這不過是深雪個人的情緒。而且基於「為了哥哥著想」的理由，只要達也沒有表態抗拒，深雪也非得（在表面上）歡迎兩人。

「文彌、亞夜子，歡迎你們過來。」

「文彌、亞夜子，歡迎。」

水波帶領兩人進屋之後，達也與深雪邀他們坐在沙發，待坐好之後便親切搭話。基於前述理由，深雪的態度大概是客套話，達也則是無論對方是誰（除了唯一的例外）都不會真正卸下心防。但是兩人的態度表面上看起來友善又表達親愛之情，無懈可擊。

「達也哥哥、深雪姊姊，抱歉打擾了。」

「達也哥哥、深雪姊姊，好久不見。」

相較於司波兄妹的問候，黑羽姊弟的回應很拘謹。照理講，兩人和達也他們相比並非明顯年幼。以年齡來說，六月出生的黑羽雙胞胎和三月出生的深雪同樣十六歲。十六歲算是成人還是孩子的問題暫且放在一旁，除非發生什麼大事，否則這兩人要隱藏緊張情緒肯定易如反掌。換句話說，今天他們應該就是為了某件「大事」而來。達也與深雪都從兩人的模樣做出了如此判斷。

「對了，文彌，水波上個月受你照顧了。」

文彌聽到達也突然道謝而不知所措，站在沙發旁邊的水波朝文彌鞠躬致意。

「多虧你幫忙解決警衛，我也省了一番工夫。」

「啊，噢……原來是那件事。」

「解決警衛」這四個字，使得文彌終於想到自己在九校戰最後一天，協助打昏包圍水波所搭乘的廂型車的警衛們。

「不，這不是什麼大不了的事。」

文彌下一句話是希望達也不要在意。

「雖然不是要為那件事報恩……」

不過達也先一步打斷他的話。

「有沒有什麼我幫得上忙的事？」

出乎意料的話語使得文彌語塞，旁邊的亞夜子嘆了好長的一口氣。

「……真是敵不過達也哥哥。明明一副像是對別人想法毫無興趣的冷酷表情，卻會突然放這種冷箭。」

亞夜子掛著想說「這樣很令人傷腦筋」的表情搖頭，看向身旁僵住的雙胞胎弟弟。

「文彌，恭敬不如從命吧。我們原本就只是使者，沒有其他的選擇。」

「唔……嗯，說得也是……」

文彌露出認命表情點了點頭，從即使是週日依然穿得筆挺的西裝外套內袋，取出一封普通大小的信。

正面是空白的。達也接過他遞出的信封翻過來一看，眉頭隨即輕蹙。從一旁看向哥哥手邊的深雪則默默倒抽一口氣，單手掩嘴。

信封背面的署名是他們的姨母——四葉真夜。

「這是當家大人親手託付我們轉交的信。」

文彌說完，深雪便看向哥哥的側臉。達也點頭回應深雪，接過動作迅速的水波所遞出的拆信刀開封。

信封裡只有簡單的一張信紙。達也仔仔細細閱讀到最後，再將信件遞給很有教養地等他看完的深雪。

「文彌知道這封信的內容嗎？」

文彌雖略顯猶豫——

「知道。」

但他沒向姊姊求助，而是自行回答。

「這樣啊。」

這次是達也看向深雪。深雪看完信後立刻朝達也微微點頭，意思是一切交由哥哥主導。

「你知道信裡委託我們協助逮捕周公瑾嗎？」

「我聽到的也是這樣。」

達也這次是明顯蹙眉。

「這樣啊。看來『委託』這兩個字不是在玩弄措詞，而是字面上的意思。」

文彌與亞夜子一起點頭表示肯定。

深雪稍微起身，將身體轉向達也。

「哥哥……姨母大人為什麼要『委託』我們？」

無須「委託」，直接「命令」就可以了吧？深雪的疑問是這個意思。關於這點，達也的想法也和她完全相同。

「關於這部分，當家要我幫忙傳話。」

「傳話？意思是不能留下書面資料？」

一般來說，紙本文件的保密程度高於電子檔案。甚至避免留下書面文字的傳話內容，究竟是什麼？

但亞夜子沒有直接回答這個問題。

「當家說，這次的工作，兩位即使拒絕也無妨。」

「姨母大人這麼說？」

深雪不禁大聲問道，接著害羞地「朝達也」輕輕說聲「恕我失禮了」。

達也知道妹妹為何會大吃一驚，但他自己沒那麼驚訝。真夜是四葉家的當家，但是達也在四葉家的身分是守護者，基於這個性質，深雪對他的命令權是第一優先。此外，依照四葉家與國防陸軍一〇一旅之間的祕密協定，除了護衛深雪的任務，一〇一旅皆擁有優先命令權。

與其說深雪將四葉家的權力視為至高無上，應該說她不清楚其他魔法師集團或軍事勢力的實力，因此會以為真夜的命令無法違抗。但是實際上，真夜也無法忽視四葉家的制度，或是和軍方的約定。而且遵守這些守則的話，真夜能命令達也做的事情很少。

達也之所以聽真夜的話，是因為他認為現在還不到敵對的時期，而且這個判斷不會因為對方姿態放低而改變。

「文彌，轉告姨母大人說我接受這個委託。」

深雪與亞夜子以難掩意外的眼神看向達也。

「我會確實轉達……達也哥哥，對不起。」

而文彌則是朝達也深深低頭。

「文彌為什麼要道歉？」

「逮捕周公瑾原本是交付給黑羽的任務。都是因為我們實在太沒出息，才會需要勞煩達也哥哥出馬……」

文彌說的「沒出息」，是指他們上個月遵照真夜的吩咐，到橫濱中華街逮捕周公瑾那時候的事情。當時當家的黑羽貢被「咬斷」一條手臂受了重傷，最後黑羽家實戰部隊的包圍網被突破，放任周公瑾逃走。

回答達也問題的文彌臉上寫著「丟臉」兩個字。

「文彌，請別人幫忙並非壞事。」

看到文彌這副模樣的達也擺出大哥的架子，一點都不像他的作風。

「既然這是黑羽家的工作，你更應該不惜扼殺自己的情感也要積極找我幫忙。」

「達也哥哥……？」

「希望只靠自己完成被交付的任務，我能理解你這份心情。但要以完成任務為優先。」

「自己的事情，只靠一己之力做好」是少年完美主義的顯現，也是孩子所擁有的危險潔癖的一面。

「你或我負責的『工作』，有些是只許成功不許失敗。」

達也的語氣很嚴厲，卻隱含著令深雪羨慕的溫柔。

「……說得也是，恕我剛才失言。」

文彌不需要別人告訴他，就知道達也是在擔心他。

「不是道歉，而是道謝才對。達也哥哥，謝謝您。」

文彌再度低下頭，達也滿意地點頭回應。

「那麼，將至今查明的線索告訴我吧。」

達也沒有繼續說教，進入實務話題。

「我明白了。周公瑾逃離橫濱之後，走海路往西想逃到太平洋時，我們好不容易想辦法阻止了他。他在登陸伊勢之後北上，而我們則在琵琶湖大橋掌握了他的行蹤，卻再度逮捕失敗。推測他就這麼直接潛入了京都區域，現在我們正以手邊人力搜索大原周邊。」

「有沒有協助者的情報？」

「協助周公瑾逃亡的，推測是和『九』的各家系處於對立關係的古式魔法師組織——也就是『傳統派』。」

「傳統派啊……」

「達也哥哥，您知道這個組織？」

「我聽八雲師父稍微提過。他們不只是召集國內失散的古式魔法師，似乎還拉攏大陸逃亡過來的古式魔法師『方術士』來企圖強化組織。這麼說來，九島家似乎也有逃亡方術士，九島有沒有可能暗中協助？」

「這方面無須擔心。待在九島家的方術士在周公瑾逃離橫濱之後，就立刻逃出前第九研，和傳統派會合。這件事不只是和九島家照會過，我們也已經親自確認。」

「傳統派也不可能和『九』的各家系暗中勾結……應該不用擔心九島反叛吧……」

「達也哥哥？」

達也瞪著半空中思索時，至今交由弟弟說明狀況的亞夜子略微顧慮地詢問。

「沒事，抱歉。你們的情報是很好的參考。」

亞夜子從這句慰勞的話語看出「我問完了」的訊號，和文彌一起離席。

達也與深雪到玄關目送文彌與亞夜子，此時水波趁機迅速收拾桌面，重新準備紅茶。搶先主人深雪準備茶水而過意不去的心情，已經從水波心中消失。水波確實尊深雪為主人，對她也抱持魔法師的尊敬以及女孩的崇拜。但同時水波也覺得會搶侍女工作的深雪是令人有點傷腦筋的一位主人，也覺得她的戀兄情結嚴重到造成旁人困擾。

水波端著茶杯回到起居室，接著達也便命令她坐到文彌剛才所坐的沙發上。她不得已將茶杯放在達也與深雪面前並且坐好，達也隨即微微蹙眉。

「那個，達也大人……？」

達也在水波心目中的定位，是比深雪來得正常的人，換句話說就是比較像主人。我做錯什麼事了嗎？水波會如此擔心，也並非誇張的反應。

「水波，麻煩再加一杯茶。」

「什麼……？」

自己現在的表情應該很脫線吧……水波有所自覺，卻無法阻止困惑表露在臉上。

（這種時間還會有客人來訪嗎？）

「不是那樣。」

雖然當事人沒察覺，但水波臉上不只露出困惑表情，還冒出疑問。

看出這一點的達也，帶著些許苦笑訂正她的想法。

「我的意思是接下來應該會談很久，所以希望妳也準備自己的茶水。」

達也的解說消除了水波的疑問，同時卻也產生了新的困惑。

但達也依然看透了這一點。

「我跟深雪有飲料，但水波卻沒有，這會讓我不自在。」

「……請稍待片刻。」

水波被不明就裡的敗北感襲擊，垂頭喪氣地回到廚房。

達也等待水波端著自己的茶杯回到沙發後，將真夜的信攤開在桌上。她只在一張信紙上簡短寫下用意。他以「精靈之眼」讀取信封與信紙所附的情報，卻沒發現任何動過手腳的痕跡。

「也就是說，姨母大人似乎真的只是要我們幫忙逮捕周公瑾。」

達也說明之後，深雪臉上露出強烈的猜忌神色。

「姨母大人為什麼只有這次不是命令，而是委託？」

「這確實令人在意，必須問姨母大人才有辦法知道正確答案，不過……」

達也看著深雪，接著看向水波。

視線並不嚴厲，但水波依然感覺背脊一陣緊張。

「妳們兩人或許沒察覺，但姨母大人其實沒有命令我的權限。正確來說，姨母大人命令權限的優先順位很低。」

深雪與水波露出驚訝與意外的神情。兩人同時伸手掩嘴，不曉得是拜禮貌教育所賜，還是侍女受到主人的影響。

「不用說，確保深雪的安全當然是最優先事項，不過第二優先的是獨立魔裝大隊的任務。姨母大人的命令權接續其後，是第三順位。」

達也感覺到旁邊的深雪在動，卻沒有進一步注意她。專心聽達也說話的水波，也沒對深雪差點陶醉到開始扭動身體的戀兄情結反應投以一如往常的冰冷視線。

「不過，姨母大人至今指使我『工作』的時候，總是使用命令的形式。或許她有藉由某種方式得知我並未進行其他任務，總之，那才是她平常的作風。」

達也在這時候伸手拿茶杯，不曉得是說到口渴，還是趁著喝紅茶時整理思緒。他將杯子放回茶碟的動作比以往緩慢一點。

「既然使用反常的方法，那麼就代表狀況非比尋常吧。比方說，這次的任務需要採取特別處置之類。」

水波臉上顯露認同，深雪臉上則浮現不安神情。

「意思是這次的任務特別危險嗎？」

「對方可是讓黑羽家的當家受重傷，至今依然逃離四葉追蹤的人。無論要逮捕還是收拾，應該都不簡單吧。」

達也一邊如此回答，一邊像是表示「別擔心」般溫柔撫摸深雪的頭髮。深雪從達也的動作中感受到達也不認為這個任務如他所說那麼危險，使她心情得以平復。

「問題不在於任務本身的難度。」

不過，達也移開撫摸頭髮的手後說出的這句話，令深雪與水波都恢復緊張神色。

「我第一次面臨目標對象下落不明的狀況，這對於四葉來說也堪稱罕見。再說，就我所知，根本沒人高明到能夠逃離四葉家的手掌心。」

達也想到本次工作的難度，不禁嘆息。

「就是這樣的狀況與這樣的對手。應該無法避免成為長期任務吧。」

深雪臉上浮現的表情，從緊張轉變為不安與寂寞。達也見狀便稍微加快講話速度，補充下一段話。

「並不是長時間離家的意思。畢竟還要上學，再說我也沒有搜索的訣竅，只能仰賴別人查出對方的藏身處。大概要等到找出周公瑾才會輪到我上場吧。」

「……會開戰嗎？」

「深雪，別露出這種表情。並不是由我獨自應付他。因為我的職責，應該是封鎖目標對象的退路。」

達也說著指向自己的眼睛。

理解箇中意義的深雪鬆了口氣。

「只不過，之後大概會偶爾不在家吧。」

深雪投以「和剛才說的不一樣」的鬧彆扭視線，達也決定當成沒看見。

「水波，到時候得由妳保護深雪。」

水波原本不清楚自己為何受命坐在這裡，因此，她至今都隱約抱持置身事外的心情，聆聽達也說明。

「是！」

所以就某種意義而言，這個命令就如同放冷箭。水波再次從達也那裡聽到自己身為魔法師、身為守護者所肩負的任務，不禁過度挺直背脊，回答時的聲音差點走音。

她回應時聽來像是高八度的聲音，並未讓達也露出苦笑。

「以魔法力來說，深雪比水波強。即使考量到實戰，深雪能使用的魔法應該也比較多吧。不過這種事無關妳的職責。」

「——是。」

大概是對達也正經的語氣有所感應，水波這次回以確實的答覆。

「水波，對於四葉家來說，妳是深雪的守護者。不過，對我來說，妳更是少數可以信賴的魔法師。」

達也的語氣陰暗又沉重。派水波前來的人是真夜，達也有察覺背後另有意圖，水波也知道達也已察覺。即使如此，達也依然表示自己相信水波。他親眼判斷，述說水波可以信任。

「我不在的時候，深雪就拜託妳了。」

「請交給我吧。」

水波並未將目光移開這份信任。

◇◇◇

黑羽家族基於「工作」的性質經常「出差」，因此在日本各地都有固定投宿的飯店。在各主要都市都有和四葉掛鉤的飯店，或是四葉直接投入資金經營的飯店。這次文彌他們下榻的也是四葉旗下的這種飯店。

所以即使要打電話給四葉本家，也不用在意竊聽的可能性。

「當家大人的信確實轉交給達也哥哥了，而且達也哥哥要我幫忙傳話。」

文彌正在向四葉本家回報本日任務的結果。

『達也閣下怎麼說？』

文彌撥打的是直通真夜的電話號碼，但真夜剛好不方便接電話，因此由葉山代為接聽。文彌不在乎向管家回報當家親自吩咐的工作結果，理由是「和葉山先生講話比較輕鬆」。

「達也哥哥說他接受委託。」

「除此之外呢？比方說要是不接受夫人的委託是否會遭受責備，他沒有詢問嗎？」

「不，他完全沒提到這種事。」

「這樣啊。文彌閣下與亞夜子閣下都辛苦了，後續細節就由我聯絡達也閣下討論。」

「好的，拜託您了。」

文彌說完，畫面中的葉山便恭敬行禮，代表對話到此為止。文彌也在行禮致意之後主動結束通話。

「這樣就結束任務了吧，這次真的只是跑腿呢。」

旁聽兩人講電話的亞夜子，在文彌結束報告嘆出好長一口氣時，以鬆懈的語氣這麼說。字面看起來像是對這個沒挑戰性的任務表達不滿，不過看她的表情應該就能知道，她反而喜歡任務輕鬆結束。

「才六點啊，還是可以從容回家的時間，接下來怎麼辦？」

坐著的文彌搖頭回應亞夜子這個問題。

「不，今天就這樣住在飯店吧。本家難得奢侈地為我們準備三房式設計的套房。」

「這種程度就說奢侈……以你這種小市民的心態，別說擔任真夜大人的代理，甚至沒資格擔任父親大人的代理喔。」

亞夜子以輕浮口吻訓誡弟弟的玩笑話後，察覺這番話中暗藏不像文彌會有的諷刺。

「文彌，你對這次的工作有所不滿嗎？」

亞夜子改變音調，刻意開門見山地質詢弟弟的真意。

「我並不是對任務本身有所不滿。」

文彌以反論式的表述，坦承他對這次的任務有所不滿。

「我也知道擔任使者也是重要的任務，也明白將真夜大人的信轉交達也哥哥的任務最適合由我負責。可是……」

「是送信時背負的條件讓你不高興了對吧？」

文彌含糊帶過的話語，由亞夜子以溫柔的聲音補足。

「因為就是很討厭啊！」

亞夜子──「姊姊」的這種語氣，引爆文彌壓抑至今的情緒。

「不能對跟蹤者下手，也不能甩掉跟蹤者，這究竟是怎樣！」

這就是文彌這次背負的條件，應該說是限制。

剛開始，真夜親自下令「將這封信送給達也」的時候，文彌對於擔任跑腿並無不滿，反而很開心。不只是單純對於可以去見達也感到喜悅，真夜想對感情稱不上融洽（看似如此）的達也提出「委託」時由他擔任仲介，也令他感到滿足。

不過真夜離席後，在四葉家侍從排名第二，主要負責「工作」各方面細部安排的花菱管家，告知前述限制是本次工作的注意事項，使得文彌覺得被潑了一桶冷水。文彌並不是變得不樂於見到達也，他懷抱的不是失望，是擔憂。

「明知被跟蹤卻不能出手！害我們得眼睜睜看著來路不明的人，查出達也哥哥與深雪姊姊住在哪裡！」

「文彌，不要緊的。無論對方是誰，都沒有辦法揭露達也哥哥與四葉的關係。當事人大概不曉得，不過越是調查達也哥哥的個人資料，越是會得出他和四葉家無關的結論。因為我們就是這樣誤導他人的。」

很遺憾，亞夜子這番安慰的話語，對於現在的文彌效果不彰。

「我不是擔心這種事。現在這個時期會跟蹤我們的傢伙，肯定是藏匿周公瑾的勢力。」

亞夜子並未以「想太多」來否認文彌的斷定。周公瑾逃離橫濱時，知道追捕他的是黑羽家。

而且文彌與亞夜子兩人依照本家指示，在上個月的九校戰刻意彰顯自己是黑羽家的人。

「黑羽的疏失已經為達也哥哥添了不少麻煩，這次還可能因為我們『允許』那些傢伙跟蹤，害得哥哥他們被盯上。我沒臉見達也哥哥了啦……」

文彌低頭以悲愴的聲音哀嘆。

亞夜子站在弟弟面前，呼喚他的名字。

「文彌。」

文彌抬頭時，亞夜子將他的臉頰往兩側拉長。

「什咪！」

「妳做什麼啦！」

文彌立刻掙脫姊姊的手，但亞夜子動手時似乎相當不留情，他的臉頰變得紅通通的。面對含淚抗議的弟弟，亞夜子有一瞬間露出了感到非常愉快的嗜虐笑容，卻又立刻修飾自己的表情，變為假惺惺的笑臉。

「姊姊？」

文彌要求姊姊說明。從語氣就明顯聽得出他覺得事有蹊蹺。

「文彌，精神別繃得這麼緊，再放鬆一點。如果是你一時疏忽被跟蹤就算了，不過這次是本家的指示，所以也是無可奈何吧？你不需要為這件事感到自責。而且以達也哥哥的能耐，就算遇襲也不要緊。即使對方真的找碴，達也哥哥應該也會反過來抓住對方的尾巴吧。」

「姊姊……」

坐在椅子上的文彌，揚起視線瞪向站在眼前的亞夜子。他的表情從旁人看來（雖然並非文彌本人所願）只能形容為可愛，但亞夜子卻感受到無法言喻的魄力而向後仰。

「雖然妳講得煞有其事，但妳剛才拿我當樂子，我可都看在眼裡。」

「討……討厭啦，文彌。怎麼可能會有那種事呢？啊，既然不打算直接回家，就得把行李整理一下才行。」

「只是住一晚而已，行李根本不會多到非整理不可吧！」

「那麼文彌，晚餐見。」

「啊，喂，不准逃！」

被命令不准逃卻逃得更快，並不是小偷的專利。

亞夜子逃進自己房間，在文彌追上之前鎖上了門。

◇◇◇

距離今年的「全國高中生魔法學論文競賽」只剩一個多月，但第一高中學生的話題中心還不

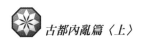

「今年應該不會發生去年那樣的風波了吧。」

「想發生也無從發生啦。再說，根本不需要投票吧？即使有人參選打對台，肯定也是司波同學獲得壓倒性勝利。」

「司波同學真不錯啊……不能趕快辦演講嗎……可惡，要是沒那個哥哥……」

「你這個笨蛋，就是因為有那個哥哥在，司波同學才沒辦法交男朋友吧？她和藝人不一樣，絕對不會背叛我們，簡直棒透了。」

以上是二年級男生的對話。

「司波學妹會選誰當幹部呢？」

「要說妳太心急……似乎也不會。畢竟歷年都會舉辦表決投票，而且今年應該沒有勇士打算參選對抗她吧。」

「假設會直接將一年級的七草學妹提拔為副會長，那會計應該會是光井學妹吧？」

「咦？不是提拔哥哥嗎？」

「居然稱呼『哥哥』……他年紀比妳小耶。」

「沒有啦～話是這麼說，但是不覺得他莫名有種『哥哥』的感覺嗎？」

「真要說的話應該是『兄長大人』吧？我也想要那樣的『兄長大人』。」

「好啦好啦。所以，那個『兄長大人』應該會當會計吧？因為啊，其他人沒辦法控制司波學妹嘛。」

「啊～要是發生去年那樣的事……」

以上是三年級女生的對話。除此之外，餐廳各處也都傳來大同小異的對話。第一高中學生現在的關注焦點，是這週末要舉辦的學生會長選舉。

只不過，今年也幾乎肯定是沒有複數參選人的表決投票。

此外，今年的學生總會也不像去年那樣，要討論「學生會幹部遴選資格規定變更」之類的重大議題。男學生討論的是肯定能在演講時看見的深雪豔姿，而女學生主要討論的是深雪要選誰當幹部。

「達也同學，她們說你是『兄長大人』耶。」

「艾莉卡，偷聽很沒教養。」

他們的對話也傳到當事人之一——達也這邊的餐桌。不對，不只是聲音。雖然沒人不知羞恥到光明正大地投以目光，但是達也的天線從剛才就偵測到好幾道視線在偷窺他們這裡。

現在共桌的是達也、艾莉卡、雷歐、美月及幹比古五人。深雪同桌會吸引過多視線很麻煩，她顧慮到這點，所以在學生會室吃午餐。穗香與雫留下來陪她。穗香並不是重視友情勝於愛情，是因為自己也是當事人之一，所以要迴避他人的視線暴力。

「達也，你今年不參選會長？」

「我去年也不是真的參選。」

雷歐的詢問是基於去年的開票結果，達也的回答是在重新強調自己去年的得票無效。關於去年大量產生的無效票，不只是被冠上不光榮又丟臉的綽號的深雪，對達也來說也同樣是不希望發生的事情。

「不過，今年應該不會發生去年那樣的騷動吧？」

大概是覺得過度刺激達也不太妙，艾莉卡打圓場般這麼說。

「不可能有勇者敢在深雪同學演講時鬧場啦。」

幹比古以感慨語氣附和。

「話說達也同學，深雪同學要選誰擔任新一屆的幹部？」

美月這個問題不只引得另外三人專注聆聽，周圍座位的學生們也同時豎起耳朵。

「我沒聽說。我們在家裡很少聊這種事。」

達也老實回答之後，便從各處傳來失望的氣息。

「我不是說過我還沒決定嗎？選舉都還沒結束，別這樣催我。」

同一時間，深雪也在學生會室被問到相同的問題，不耐煩地如此回答。

「穗香，到這個地步，深雪就堅持不會說了。妳該放棄了。」

「嗯……深雪，抱歉。我太吵了。」

已經被深雪的不悅氣場嚇得畏縮的穗香，趁著好友勸誡趕快舉白旗。

「……我的語氣也稍微有點過火了。穗香，對不起。不過，我自認很清楚妳為何在意哥哥的去留。」

深雪說著朝穗香身後一瞥。

她的視線引得穗香轉身。

位於那裡的，是準備好餐後茶水的琵庫希。

「唔！」

穗香表情抽搐。

雫輕拍她的肩膀。

穗香轉身看雫，雫向她搖頭示意。

「穗香，已經來不及了。」

穗香垂頭喪氣。

梓、五十里與花音掛著苦笑，朝穗香投以溫暖的目光。

泉美與香澄露出像在說「嗯？」的表情相視。

「咦？那邊那個人是不是水波？」

「唔，真的耶。」

美月與艾莉卡露出詫異表情，達也則發出覺得有些傻眼的聲音說：

「就算是水波，也會和同學來餐廳吧？」

水波大概是察覺了他們的視線，在（推測是）班上同學集團的最後面轉過身來，就這麼端著托盤低頭致意。達也向她點頭回應之後，將目光移回兩名女性朋友。

「說得也是。」

「的確。」

兩人發出「啊哈哈哈哈」的笑聲，露出掩飾尷尬的笑容。

「話說回來，達也同學，你怎麼沒參加論文競賽？」

艾莉卡大概是判斷形勢不利，嘗試硬是換個話題。

達也並非不了解艾莉卡的意圖，而且也不能老是將話題圍繞在水波身上，因此他「乾脆地」回應她的要求。

「沒有特別的原因，單純是時間趕不上。」

「咦，什麼意思？」

最關心這個話題的人，恐怕是幹比古。他剛才應該也在專注聆聽吧。他率先對達也的回答提出疑問。

「沒什麼，就是字面上的意思……」

達也原本只想以這句話作結，但是四人都以視線要求他說明。於是他在這股壓力下斷然改變了方針。

「因為恆星爐實驗之後，我有自行研究某個主題，但是還不到可以發表的階段。」

「是喔……看來你應該在研究相當深奧的主題吧。」

雷歐深深點頭嘆氣。他這句話暗藏著「告訴我們是什麼主題啦」的意思。

「還好啦，不過內容是祕密。」

不過達也不可能坦承自己正在利用ＦＡＥ理論開發戰鬥用魔法。

「咦～」

這麼一來，艾莉卡當然出聲表達不滿。不過……

「艾莉卡，不可以強人所難喔。」

「艾莉卡，達也會保密肯定是有需要那麼做的原因。何況，就算他說明恆星爐等級的魔法理論，以我們的程度來說，也沒辦法藉此滿足好奇心。」

美月的話語是在勸誡艾莉卡，幹比古的話語則是同時對艾莉卡與雷歐說的。

簡單來說，幹比古的意思是「反正達也詳細說明，你們也聽不懂」，但如果只看智力，這兩人也絕對不笨。只不過正因如此，艾莉卡與雷歐都沒反駁幹比古這番指摘。正因他們兩人都不是笨蛋，所以知道這時候亂賭氣也只會自尋煩惱。

「話說回來，這次沒人找達也同學當助手嗎？」

「目前沒人找我。」

「這次的主講人是啟學長吧？你和啟學長的交情明明很好啊。」

「要是學長叫我幫忙，我當然會幫，不過這次大概沒我出場的份吧。」

艾莉卡這個問題透露出意外感，達也不是笑著含糊帶過，而是正經回答。

「咦，為什麼？」

「因為這次的會場在京都。」

這次是美月不解地歪過腦袋。

「論文競賽輪流在橫濱與京都舉辦，評分傾向會因為地點而有所不同。據說在橫濱舉辦時，技術性的主題會得到較高評價，在京都舉辦時偏好純理論的主題。」

達也點頭回應幹比古這段補充說明。

「在京都舉辦競賽時，選擇『始源碼假說』這種和魔法本身原理相關的主題，會比利用魔法的動力系統，或是為了該系統而開發魔法式、改良啟動式的主題，更容易得到好的名次。」

雷歐露出總算能理解的表情頻頻點頭。

「以達也的立場來說，這樣無法發揮擅長的領域是吧？」

「但我覺得達也同學在純理論領域，也十足超越了高中生的水準……」

不過美月似乎無法認同，有些保守地提出異議。

「唔～所以才更難參與吧？」

「？」

艾莉卡與其說是在回答美月，應該說她只是直接說出自己的想法。

「雖然啟學長應該不會鬧彆扭或嫉妒，不過要是方法論完全不同，光是磨合彼此的做法就得花上好一番工夫了。」

「有差這麼多嗎？」

「妳想想，我的ＣＡＤ不是請啟學長雕刻刻印嗎？然後啊，我經常找達也同學幫我檢修，所以我隱約能看出，即使同樣用來輔助術式運作，做法也完全不同。」

「原來如此……因為刻印輔助有些地方比較接近我們古式的符法。」

朋友們在當事人身旁逕自討論時，響起了下午課程的預備鈴聲。

◇◇◇

晚間七點半，一般來說是家人還聚在一起的晚餐後時間。不過今天時鐘指針走到七點二十五分的時候（話是這麼說，但時鐘並非古典的機械式，是虛擬指針鐘面），達也就窩進自己的房間。而他現在正以自己房內的保全強化型語音專用通話機，撥打某個女性的私人號碼。

『喂，達也嗎？我是藤林。』

這具通話機將一般視訊電話用在影像處理的資源都用來處理編碼，所以能以不至於影響對話的高速處理高強度編碼。

「我是司波，抱歉這麼晚打擾妳。」

他之所以草草結束和寶貝妹妹共處的時光，是因為有預先以郵件約好在這時間講電話。

『達也居然主動聯絡我，真難得。怎麼了？有急事？』

「是必須緊急處理的事。與其說是急事，應該說要事。」

另有玄機的這種說法，造成些許的微妙停頓。

『……我總覺得不想聽了。』

「可以的話，我也不想提這個委託。」

『…………』

藤林以沉默催促達也說下去。

不過只有今晚，無論藤林做出何種反應，達也的口舌也肯定不會受到影響。

「有件事想請九島閣下協助。」

雖然嘴裡說「不想提」，但達也這個「委託」講得流利無比。

『……找外公？』

「是的。不是對獨立魔裝大隊副官藤林少尉提出委託，是對九島閣下的外孫女——藤林家的大小姐提出委託。想請妳安排我和九島閣下私下面談。」

『你說私下，難道和四葉的「工作」有關？』

這次換達也以沉默回答。

『我應該沒辦法拒絕吧。畢竟上個月發生那種事。』

「的確。」

藤林驚訝了一下，差點驚呼出聲。雖然是她自己提到這件事，但她沒想到達也會厚臉皮地承認這次要求協助有「償還當時的人情」的意思。

她需要停頓數秒才說得出下一句話。

重啟對話的人是達也。

「但我不打算強人所難。我反倒覺得閣下會主動協助。」

『方便詢問「工作」的內容嗎？』

「找到並逮捕一名從橫濱中華街逃亡的方術士。」

『……原來如此。這樣的話，我就明白四葉為何想找外公幫忙了。』

通話機另一頭傳來藤林放鬆下來的氣息。

「看來妳知道四葉為此耗費不少心力。」

想請九島烈幫忙的不是四葉家，而是達也個人，但達也沒有釐清藤林的誤會。難得即將達成共識，他不想提供多餘的情報害藤林混亂。

『其實國防軍也耗費了不少心力。如果你願意出馬應付他，藤林少尉也非常歡迎。』

刻意自稱「藤林少尉」，是對達也剛才那番話稍微還以顏色。只不過就達也聽來，這種程度的文字遊戲連挖苦都稱不上。

藤林大概也從氣氛察覺她的挖苦無效，輕咳一聲試圖拂去尷尬的空氣，並且刻意以公式化的語氣回答達也的要求。

『知道了，我會問外公何時方便。用電子郵件回覆就好吧？』

「無妨。編碼麻煩使用獨立魔裝大隊的。」

達也之所以講這句話，只是考量到保密問題。但藤林卻逕自猜測他在影射兩個月前的「寄件人空白郵件」。

『……收到。』

藤林愛理不理般結束通話的態度，使得達也納悶究竟是哪裡惹她生氣了。

打完電話覺得口渴的達也前往飯廳。

深雪正在那裡獨自喝紅茶。

「哥哥，要喝飲料嗎？」

坐在餐桌旁的深雪迅速起身詢問達也。

「嗯，我有點渴。」

率直回答的達也，並未詢問水波的下落。大概是在用功、打掃或洗澡，總之看樣子就知道水波不在場，而且達也也並非有事找她。

「我立刻準備。」

其實達也只要喝水就夠了，卻沒對深雪的要求提出異議。他知道妹妹很想照顧他，而且對他來說，妹妹勤於照料至少不會令他不快。應該說他反而覺得舒服，所以沒理由拒絕。

「請在客廳稍待片刻。」

達也依照深雪的要求，移動到客廳。

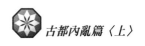

坐在沙發等待不到五分鐘，深雪便從飯廳現身。她手上的托盤放著兩個玻璃杯，裡面是冰奶茶。記得她剛才是在喝熱紅茶，應該是也幫自己重泡了一杯吧。

深雪沒有發出任何碰撞聲，將玻璃杯和杯盤放在如玻璃般光滑堅硬的茶几上。一杯在達也正前方，一杯在那旁邊。接著深雪便坐到達也旁邊，如同將此當成理所當然的權利（她自己肯定是如此認為）。

達也坐在單人沙發，所以今天無法依偎在他身上，但深雪並未對此感到不滿。她露出柔和的微笑，和哥哥同時含住冰奶茶的吸管。

深雪的嘴先從吸管移開。她再度完全沒發出聲響地將玻璃杯放回桌面，重新在沙發上坐好，注視哥哥的側臉。

達也立刻察覺她的目光，放開嘴裡的吸管，放下玻璃杯發出「叩」的細微碰撞聲，接著和深雪的視線相對。

「剛才的電話，和昨天那件事有關吧？」

達也進入自己臥室之前，只說了是要打電話，沒說明打電話的對象與用意。但深雪似乎猜到了。畢竟才隔了一天，這種推理的難度或許不高，但達也依然佩服妹妹居然能猜得出來。

「對。」

「方便請教是打電話給誰嗎？」

這個問題令達也略微猶豫，但他最後決定老實回答。

「藤林少尉。」

「……哥哥要請獨立魔裝大隊協助嗎？」

深雪以詢問的形式低調表達反對意見。達也同樣擔心是否可以讓軍方介入四葉的工作，正因如此，他才不是打電話給風間，而是藤林。

「不，我是委託藤林『小姐』安排我和九島閣下見面。」

「這樣不會危險嗎？和獨立魔裝大隊通訊得接受檢查吧？」

在這個時代，即使是軍人，私人通訊的自由也有受到保障。雖然這麼說，但以語音通話機器進行高壓縮超音波資料通訊的技術在五十多年前就已經確立，因應這項技術，設置在重要設施的電話機都有附加安檢功能，以防情報外洩。這個功能是自動移除人類聽力範圍以外的音波，所以對外宣稱並非竊聽對話內容的功能，但是話筒與聽筒之間確實有加入硬體檢查通過的音波，所以無法否定當中的確有可能加入其他功能。達也在這一點也有所提防與顧慮。

「應該沒問題。我是打給少尉的私人號碼。我認為，就算是使用梯隊系統Ⅲ，也不可能竊聽『電子魔女』私人使用的線路，所以不用擔心。」

達也對深雪如此說明。不過這是沒從往事中學到教訓的冒失發言。

「……原來如此，是藤林小姐的私人電話號碼啊。」

達也心想「糟了」，但為時已晚了。他現在才想到，妹妹在去年四月也因為類似的事情鬧過彆扭，當時花了好一番工夫安撫。

「話說哥哥，您是從哪裡得到藤林小姐的私人電話號碼呢？」

深雪的語氣與表情，和Blanche襲擊事件的開端「占領廣播室事件」那時一模一樣。當時因為騷動迫在眉睫才勉強敷衍過去，不過……

（這下子該怎麼說明呢……）

坦白說，達也完全沒有做虧心事。不只是藤林，達也也知道風間、真田與山中的私人電話號碼。但他覺得即使招出這種事，深雪也不會由衷接受他的說法。就算表面上接受，也肯定會在內心留下長久的芥蒂。

這次大概很難說服了。

達也如此心想。

◇　◇　◇

正如達也的預料，深雪的心情沒那麼輕易好轉。就算這麼說，也不可能會有她對達也亂發脾

氣或是打冷戰這種事，在世人眼中根本稱不上是兄妹吵架。客觀來看，深雪只是稍微鬧彆扭，即使如此，達也依然費盡心力和妹妹「和好」，在兩天後的週三完全恢復為原本的和睦兄妹。

而今天是九月二十八日，星期五。學生會長選舉終於就在明天的這天晚上，藤林打電話到達也家來。

「藤林小姐，用這個號碼沒關係嗎？」

達也使用的稱呼不是「藤林少尉」而是「藤林小姐」，原因在於她身穿秋季滾邊上衣加上鄉村風格長裙的便服。詢問「沒關係嗎」是因為她打的不是達也房內保全強化型通話機的號碼，而是連接一般影像電話的號碼。

『目前沒被竊聽。要是敢出手，我就抓得到他們的尾巴了。』

不過，看來她是故意的。

『不過，就算被竊聽也不要緊，因為我加了三層假訊號。』

她若無其事地這麼說，但達也多少也算是精通機械技術，所以傻眼的心情勝過了佩服。

「……究竟要怎麼做，才能把普通線路的系統強化到軍事專用線路的等級？」

但這是他的誤解。

『這不是光靠物理技術實現的。』

達也心想原來如此。藤林似乎使用了「電子魔女」的祕術。若達也使用「視力」多花點時間或許看得出端倪，但這是他無法自己重現的技術，所以興趣缺缺。

『但我要長時間維持這個狀態也很辛苦，容我長話短說吧。外公答應面談。』

對於達也來說，藤林捎來的答覆堪稱是個喜訊。

『時間是十月六日星期六晚間六點，地點是生駒的九島家主屋。行程沒問題嗎？』

達也叫出腦中的行事曆，確認當天沒有行程。

「沒問題，地點我也知道。」

『這樣啊。』

藤林在這時候露出壞心的表情。

『外公得知達也想面談的時候很高興喔。』

「該說這是我的榮幸嗎？」

達也收起表情低語，藤林見狀輕聲一笑。

『幫倒忙的好意——你現在就是這種表情喔。不過死心吧，找他幫忙就是這樣。』

「光是沒吃閉門羹就該感謝了。是這個意思嗎？」

『可以算是吧。達也，你先做好覺悟吧。接下來，你將跳進蔓延於日本魔法界的重重枷鎖正中央。』

藤林掛著笑容以眼神威脅，達也面不改色地接受她這番話。

「這種程度的事，我早已做好覺悟。」

『很好。當天我也會在場。』

「這樣啊，到時候就拜託了。」

達也簡單地點頭致意，映出藤林笑容的畫面也在同時斷訊了。

這通電話是在起居室接的。雖然沒參與對話，但深雪與水波都在旁聽達也和藤林的對話，而藤林也沒指責這一點。

「哥哥……真的可以嗎？」

達也講完電話之後，深雪以擔心的語氣詢問。仔細一看，水波也朝達也投以同情的視線……視線並非不安而是同情，應該是因為水波對於和「宗師」扯上關係代表何種意義，有著正確的理解吧。

「是指和九島烈接觸嗎？那麼就算在意也無濟於事。」

達也笑著拿起裝有冰紅茶的玻璃杯。不過講電話的時間似乎比預料的久，飲料早已變溫，所以他沒喝就放回了桌面。

玻璃杯內側捲起一層薄霧。因為玻璃杯沒冷卻，只有杯中液體降溫，導致和冰紅茶接觸的空氣在空中結露。

不用說，當然是深雪的魔法。接近室溫的紅茶恢復為冰紅茶了。不會太冰，當然也沒凍結。達也露出微笑默默致謝，接著深雪也默默害羞地低下頭。

達也以冰涼的無糖紅茶潤喉，繼續回答問題。

「九島烈本來就在注意我，和這次的工作無關。而且不是只把我當成頗為有趣的年輕人，他恐怕知道我的底細與魔法。」

深雪睜大雙眼。對她來說，哥哥這番話的後半段似乎令她相當驚訝。四葉被過度放大檢視的弊端也出現在這裡，但是達也覺得不需要刻意告誡。深雪目前只須提防四葉就好，至於其他的十師族或魔法師集團，只要達也不疏於警覺就好。

「九島烈和前前任的四葉家當家交情甚篤，基於這個緣分，他似乎當過四葉深夜與四葉真夜的私人教師。」

「前前任……是指我們的外公對吧？」

「嗯。害四葉惡名昭彰的『那個事件』，他就是核心人物。」

深雪這時不知為何輕聲一笑。達也露出像在說「哎呀？」的表情，她更是如同覺得好笑般發出笑聲。

「……恕我失禮了。因為哥哥講得如同事不關己。」

達也疑惑地蹙眉。

「什麼意思？」

「因為啊，哥哥，要是『灼熱萬聖節』的真相公諸於世的話，就無暇計較前前任當家的事蹟了吧？」

達也有一瞬間露出如同將青草汁誤以為是冰紅茶喝下肚（實際上他當然不會這樣搞錯）的表情，雖不同於撲克臉，但反應依然淡薄。

「……總之基於上述原因，九島烈熟知我的底細也不奇怪。」

「這樣……沒關係嗎？」

深雪以支支吾吾的語氣，提心吊膽地詢問。即使沒有外人在場，年僅十六歲的少女也不敢問「不用封口嗎？」這種問題。

「封口啊……」

但達也毫不猶豫地就說出這個詞。

「對方是昔日『世界最巧』的魔法師，即使想封口也很難吧。而且應該也沒這個必要。我這樣自稱也不太對，但這是戰略級魔法師的個人資料，九島烈不可能不知道保密的必要性。」

達也從剛才就沒使用「宗師」或「閣下」等稱謂，而是直接稱呼「九島烈」。他反覆這麼說應該是刻意使然。雖然大概只限於沒有他人耳目的場合，但這種說法意味著他不打算對九島烈保持敬意。經過寄生人偶實驗的事件，達也似乎已將九島烈視為不欣賞的人物了。

即使如此，達也依然相當讚賞九島烈的智慧與能力。他之所以斷定無須封口，在於他判斷那個老者知道隱藏司波達也這張王牌有什麼好處。

「而且繼續和九島烈敵對也不方便。我覺得為了今後著想，必須趁機會算清人情。」

「他可以相信嗎？」

「己方不必非得是可以相信的對象。簡單來說，只要能在必要的時候依照我們這邊的要求行動就好。為此付出某種程度的代價也無妨。」

水波完全聽不懂兄妹倆在說什麼，卻不打算問自己的女主人或女主人的哥哥。在服侍對象的家裡工作時，無謂的好奇心是禁忌。她目前依然遵守著這個教誨。

九月二十九日星期六。今年的學生總會與學生會長選舉都和平落幕。為了防止出現去年那種無效票，選舉形式也在今年改為在進場時發放用過即棄的近距離無線通訊卡，直接坐在位子上以這張卡片投票。參選人和往年一樣只有一人，所以卡片設計了「信任」與「不信任」兩個按鍵，用力按下圓形印記，投的票就會傳送到計票機。

訊號只傳送一次，因此是用過即棄。即使卡片是電子標籤的衍生形，成本很低，卻還是比紙張昂貴。當然也有人覺得區區的高中選舉沒必要用掉這麼多經費。不過北山家的旗下企業免費提供試用品解決了成本問題，校方才會採用這種做法。雫家就像這樣在第一高中以及過去晚一步進入的魔法產學領域逐漸打下根基。

這種大人的狀況暫且放在一旁，以新形態電子投票系統即時開票的結果，深雪居然以百分之百的信任票當選學生會長。甚至沒人以開玩笑的心態投下不信任票，這究竟是因為大家對她心醉神迷還是恐懼……兩種都有可能，所以難以判斷。

「那麼，慶祝深雪當選學生會長，乾杯！」

在艾莉卡帶頭吆喝之下，眾人高舉軟性飲料的玻璃杯。一起唱和乾杯的是聚集在艾尼布利榭的親朋好友與學弟妹，具體來說是達也、雷歐、美月、幹比古、穗香、雫、水波、泉美、香澄、賢人。香澄私底下很少和達也這群人來往，今天是被泉美硬拉過來的。

「不過，真要說的話的確是合情合理沒錯。」

沒人反對艾莉卡在乾杯之後說的這句話。

「那當然！我無法想像第一高中的學生會長是深雪學姊以外的人！最適合代表本校的實力！才華！美貌！言行舉止之美！這個結果正是天意！」

完全沒人提出異議，相對的，某個學妹激動不已。

「是……是嗎？」

坐在椅子上的深雪被熱情進逼過來的泉美嚇得完全畏縮了起來。感覺香澄對雙胞胎妹妹的瘋狂模樣撒手不管，事不關己地小口喝著飲料。

「深雪，選好幹部了嗎？」

在所有人（甚至包括達也）都在猶豫是否該出聲時，雫勇敢地……應該說將泉美完全排除在視野之外如此詢問。

雫這番話引得泉美向深雪投以更火熱的眼神。穗香也是一副深感興趣的樣子，但她的目光是交互投向深雪與達也。

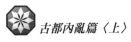

深雪察覺到兩人的視線，但她刻意不去看兩人（尤其是泉美），而回答雫的詢問。

「我想請泉美學妹擔任副會長。」

泉美發出近乎悲鳴的歡呼，而不曉得是不是覺得再怎麼說還是太丟臉了，至今看起來不想介入對話的香澄連忙摀住她的嘴。

「但其他幹部還沒決定。我也希望穗香在這一屆繼續幫忙，不過……」

深雪說到這裡不是朝穗香，而是朝達也一瞥。

不知道是不是因為察覺到了深雪的躊躇，不只是雫，穗香也沒有繼續問相同的問題。

雖然有少數女學生大呼小叫，但整體來看還是相當尊重店內氣氛的和樂聚會結束了。今天是週六，所以走到店外時還沒天黑。雖然這麼說，但達也等人抵達家門時，西方天空也已從棗紅色轉為深藍色。

在艾尼布利榭點的料理算是輕食，但是吃的量很多。加上明天是週日，所以達也、深雪與水波都決定今天不吃晚餐。

深雪與水波搶著泡茶而起了一番爭執，但達也登高一呼，表示「今天是為深雪慶祝」，所以深雪從廚房回到客廳，像是要得到補償般引導達也來到三人座沙發，坐在非常靠近他的位置。

端著托盤進入客廳的水波，看到兩人的模樣時眉頭微微一顫。但她不發一語，表情也不再變化，在深雪面前擺上奶茶、在達也面前擺上咖啡，然後站在桌子旁邊。

達也今天也沒有要求水波坐下，反倒想讓她直接回房擺脫家事的束縛。但深雪似乎有話對水波說，還沒拿起茶杯就向她搭話。

「水波。」

「是，深雪姊姊。」

「其實，我希望水波加入學生會擔任書記。」

水波表情沒有顯著變化，身體卻使力緊繃了起來。即使不是達也，肯定也看得出她在壓抑內心的慌亂。

「……是。」

她非常簡短地回應深雪。語氣與其形容為客氣，更像是僵硬。

老實說，水波應該很抗拒加入學生會吧。不過她也明白，考量到自己身為守護者的任務，加入學生會在各方面都比較方便。剛才的猶疑回應正是反映出了她內心的糾葛。

「說得也是。解除攜帶CAD的限制也是一大優點，水波應該擔任學生會幹部。」

「就是說吧，哥哥？」

達也支持深雪的意見，深雪開心地更加接近哥哥。

水波看著只差一點就完全緊貼的主人兄妹，察覺到無論自己多說什麼也沒用。

對於達也來說或許情非所願（對於深雪來說更是如此吧），不過兄妹的一天並未以這種和平的話題作結。茶水時間告一段落之後，達也在自己房間使用那台加密通話機打電話。撥打的是直通四葉家當家的號碼，但真夜沒接。

『達也閣下，不好意思，夫人現在不方便。』

代為接聽的葉山如此告知。解釋的語氣很冷漠，也沒說明在忙什麼，達也推測對方是刻意不接電話。

但是，他也沒有因此壞了心情。今晚要說的事情不必直接對真夜說，只要留下「事前知會」的事證就好。比起當面告訴真夜，透過葉山轉達反而更能順利完成目的。

「那麼，關於上次接下的任務，有件事想請您幫我轉達姨母大人。」

『請說。』

葉山立刻點頭回應，如同已經預料到達也的委託。

「我想請九島家協助搜索目標人物。我這邊已經透過藤林家，和九島家的前任當家約好要見面了。」

『喔……』

只聽聲音無法判斷葉山是真的感到驚訝，還是單純假裝驚訝。不過就算看見表情也不一定能辨別。

『不是請獨立魔裝大隊協助，而是找九島閣下幫忙啊。』

「無論委託的根源來自哪裡，我覺得進行四葉的工作時，最好避免欠國防軍人情。」

『欠九島家的人情就無妨？』

「周某人很可能和『傳統派』合作吧？既然這樣，請至今長年和『傳統派』對立的『九』提供助力才是上策。而且九島家在上個月的那個事件中欠我個人一次，無論要賣人情還是還人情，要是一直拖下去可能會成為孽緣，我覺得最好在變成那樣之前清算完畢。」

話筒傳來葉山愉快的笑聲，看來他似乎是真的覺得很有趣。我並不是刻意搞笑就是了——達也抱持尷尬的心情等待葉山回應。

『達也閣下年紀輕輕就洞悉人情事故呢。』

該說薑是老的辣嗎，大笑的葉山立刻恢復原狀，不過依然沒隱藏自己剛才覺得達也的話有趣的事實。

『這次找九島家幫忙，確實在各種意義上都是個聰明的選擇吧。好，我會轉告夫人。』

「拜託您了。」

達也明知對方看不見，依然朝通話機低頭。

『請求協助時開出的條件，不需要逐一回報。夫人表示無論對方是國防軍還是十師族其他家系，這次的事件完全交由達也閣下定奪。』

葉山在最後扔下一顆大炸彈，結束通話。

◇◇◇

將話機設定為擴音模式和達也交談的葉山，在放下話筒之後，朝桌子另一側深深鞠躬。

「夫人，就如您剛才聽到的。」

達也猜對了，真夜確實是刻意不接電話，但當事人居然就在房內聽他講電話，實在是超出了他的想像範圍。

真夜從剛才就難受地摀著嘴，看來是在拚命忍著不笑出聲。不曉得是不是聽到葉山的呼喚才發現電話已經講完，她開始發出貴婦不該發出的笑聲。

即使主人有點欠缺氣質的舉止當前，葉山也不改恭敬的態度。不只是沒出言規諫，看向真夜的目光也毫無責難的神色。

不過，不曉得是不是葉山彷彿看著樹木和石頭的視線令真夜感到不自在，她的笑聲很快就收斂了起來。

「葉山先生，對不起。達也講的話太可愛了，我才會忍不住。」

真夜以手帕按住眼角，擦乾微微滲出的淚水，接著她完全改為正經的表情。

「究竟是誰傳授那種扭曲的智慧給那孩子的呢？」

真夜一臉正經地歪過腦袋。

「但屬下認為達也閣下說得沒錯。」

「某方面是正確的，但是並不尋常。」

葉山擁護達也的想法。不曉得是否因為這樣，真夜以掃興的聲音與表情回應。

「人情的借與還，一般來說是用來建立關係、加深羈絆的做法。」

「達也閣下應該不需要這種從借與還建立的關係吧。」

「真年輕呢。」

葉山並未附和也未反駁真夜這句話。但真夜隱約覺得自己的玩笑話暗藏批判氣息，於是決定換個話題。

「話說回來，搜索周公瑾的進度如何？有沒有掌握新線索？」

即使突然轉換話題，葉山依然流利地回答。

「沒有新線索。上個月底在京都三千院旁邊稍微交手之後被他逃走，之後毫無進展。」

「也就是他自那之後便失去行蹤是吧。對方是仇視這個國家的外國魔法師，三千院這樣的名剎不可能給個方便……這應該也是『傳統派』暗中安排的吧。」

真夜以厭惡的語氣呢喃。為了維護古式魔法的傳統，所以跨越流派的隔閡團結。形容成這樣挺好聽的，實際上卻是明明自願加入前第九研，卻以「得不到想要的成果」這種幼稚理由，誤將「九」的各家系當成憎恨對象，不顧節操地組織成烏合之眾，採取近似惡整的敵對行動——這就是古式魔法師集團「傳統派」。真夜討厭「九」的各家系，並且在另一種意義上，討厭傳統派這種幼稚心態。

「夫人，不用將這個情報提供給達也閣下嗎？」

「沒有那個必要。已經請貢徹底調查大原周邊了吧？何況那個人應該也不可能一直待在相同地點。」

葉山默默低頭回應主人的指摘。

◇　◇　◇

達也最近的生活進入固定模式。晚上在八雲的寺廟進行新魔法的實作開發（也就是練習），起床之後晨練，接下來如果是平常日就上學，是假日就開發新魔法的理論。

今天，也就是九月三十日是星期日。達也這天吃完早餐後也窩在地底研究室，致力清查新魔法的問題點。

「……取出重子的程序沒問題。只是要分解的話，原本就做得到了。速度與均勻性也都維持在必要的水準。」

並非下意識，而是刻意地輕聲自言自語。現在的達也陷入瓶頸，非得像這樣講出來才能整理思緒。

「接下來的移動系術式，在模擬時也沒問題，因為本質和氣體的移動相同。雖然也可以學莉娜利用勞侖茲力，但是考量到ＦＡＥ的性質，以魔法直接驅動應該比較快。」

達也嘆出長長的一口氣。到頭來，只能得出這個結論。

「關鍵果然在於如何在ＦＡＥ生效時間內，將移動系魔法發動完畢的機制啊。」

使用分解魔法之後，在物理法則恢復強制力之前的極短時間內完成移動系魔法。如果只是輸出魔法式，具備閃憶演算的他反而比普通魔法師占優勢，但是完成魔法需要干涉力。達也只具備「分解」與「重組」用的干涉力，因此這是一大難題。

達也覺得需要轉換心情，加上已經是中午時分，因此他決定回到一樓。

他剛走完階梯就察覺異狀。感覺某種非人類個體正在窺探屋內。

（合成體？不對，人造精靈？）

人造精靈是現代魔法的一種稱呼，指的是某種「式」（式神或式鬼）。隨著自然現象的發生而記述在情報體次元的想子情報體，從該現象結束之後依然留在情報體次元，這種脫離事象的想子孤立情報體就是「精靈」。以人為方式（主要是古式魔法的技術）引發產生「精靈」的這種程序，創造出來的孤立情報體就是「人造精靈」。不過，被稱為「式」的可操縱型孤立情報體，並不是都以這種手法創造而成，捕捉自然產生，並且具備靈子情報體核心的想子孤立情報體來使喚反倒占大多數。

孤立情報體如同緊貼在住家圍牆的延長線上般，靜止在半空中。和第一高中外牆相同的防禦術式似乎將它阻擋在外。雖說如此……

（不過也不曉得它在收集什麼資料。）

達也不認為自己熟知所有的魔法技術。這個「式」或許具備他不知道的功能，能夠從防禦術式的外側搜索屋內。他無法忽略這種可能性。

達也重新以「眼睛」從屋內透過牆壁看向人造精靈。

解析構造情報。

是只以想子構成的孤立情報體。

既然沒有靈子情報體的核心，那就表示它果然是人造精靈。這麼一來就和魔法式一樣，可以完全分解。

達也朝人造精靈伸出右手。他手上沒有ＣＡＤ。

〔輸入變數：瞄準人造精靈的構造情報。〕

達也魔法演算領域的資料區釋放出魔法式構築步驟，代替原本應該以ＣＡＤ輸出的啟動式，送入演算領域的執行區。

〔投射魔法式：「分解」發動。〕

肉眼看不見的閃光猛然射出。

人造精靈和構造情報的結合全被斬斷，使想子情報體變為雜亂無章的想子聚合物，被情報體次元吞沒。

達也一打開起居室的門，深雪就湊向了達也。

「哥哥，剛才究竟是？」

雖說是湊上來，但深雪不是在生氣，她臉上的表情是擔憂。

「妳知道剛才發生的事？」

達也出聲感嘆。看來深雪察覺他剛才使用了「分解」。達也佩服深雪察覺他使用的魔法，反過來說就是他自負自己的魔法不會輕易被察覺，但這並非達也自以為是。實際上，跟著深雪現身的水波，似乎就聽不懂兄妹的這段問答。

「我沒有感應得很清楚，稱不上知道……但我覺得哥哥好像使用了『分解』。」

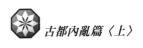

「嗯。剛才有人造精靈在偷看屋內。」

達也不打算主動告知，卻也不想隱瞞。因此他點頭回應妹妹這番話後，就說明了狀況。

「原因恐怕在於之前接的工作吧。」

「是那個周公瑾幹的好事嗎？」

「應該是他的部下，或是藏匿他的那個勢力吧。」

達也說完，難得明顯地嘆了口氣。

「文彌他們被跟蹤了嗎……」

他的低語引得深雪與水波睜大雙眼。

「不會吧……有亞夜子陪同，居然還允許他人跟蹤……」

深雪深信達也的推測完全正確才如此驚訝，但水波似乎也沒餘力質疑這一點。

「應該是故意的。」

「意思是亞夜子故意帶敵人來到這個家？」

深雪的周圍捲起想子。

這是魔法失控的徵兆。

但深雪也有所成長。下意識使用的魔法還沒實際顯現，她就以自己的意志控制下來。達也瞇細眼睛看著這一幕。

「我覺得不太正確。亞夜子恐怕……不對，不只是亞夜子，文彌也被下令禁止甩掉跟蹤者，或是對跟蹤者下手吧。」

深雪聽完哥哥的意見，即使沒有完全恢復冷靜，至少也平復了情緒。

「是誰下令……應該也無須思索吧。究竟為什麼要這麼做？」

「真正的原因得問過才知道，不過或許是想拿我當誘餌。」

「怎麼這樣！」

深雪當然生氣了。達也笑著安撫這樣的妹妹。

「深雪，別這麼生氣。我不是說真正的原因得問過才知道嗎？」

「可是……」

深雪的思緒已經狹隘到認為只有這種可能性，但是達也沒責備這一點。

「而且，拿我當誘餌十分地合理。這次的對手足以令黑羽貢受重傷，也還沒確實摸清對方底牌。從戰術層面來看，由『以最終狀態來說不會受傷』的我首當其衝是正確的做法，所以別這麼生氣。」

達也笑著這麼說。

「哥哥！」

不過，這個回答比起成為誘餌，更無法被深雪容許。

「請不要講得這麼不顧您自己的安危！重點並不是只要沒死，或是只要沒留下傷痕就好，您自己應該也曉得！」

深雪意外地咄咄逼人，達也無法插嘴辯解。

「重點在於我面對『哥哥受傷的事實』時會怎麼想。求求您，請好好思考一下吧！」

「……抱歉。」

達也勉強擠出道歉的話語。

「水波，抱歉讓妳久等了。午餐準備好了吧？」

他向水波搭話，試圖改變話題。

「是，達也哥哥。深雪姊姊也請到飯廳吧。」

水波並未在這時冒出「讓達也為難一下吧」的想法，真的是個率直的好女孩。

◇　◇　◇

在達也分解人造精靈（式神）的同一時刻。

「唔喔！」

距離達也家約五百公尺的小公園裡，有個坐在長椅上、約三十歲的男性突然驚叫出聲。

坐在旁邊的男性連忙左右張望。他架設的認知阻礙結界正常運作，他們的身影不會映在任何人的意識中，他們的聲音也不會留在任何人的記憶裡，但他依然低聲詢問：「怎麼了？」

「式神被除掉了……」

「被除掉？不是被送回或是被搶走？」

「應該不是你說的這兩種狀況。」

被問到的男性反覆搖頭，一副想說他搞不懂這是什麼狀況的樣子。

「式神的手感突然就消失了。」

「意思是那個家裡的人用了解咒法術？」

「不對！……不，我不曉得。」

困惑達到頂點，一開始發出怪叫的男性稍微平復了情緒。

「我沒有感覺到使用法術的氣息。你也一樣吧？」

「這……是沒錯啦……」

這兩人是分工調查達也家的古式魔法師。一人操作式神，另一人確保安全。負責警戒的人為了防止「遣回」造成的傷害，除了使用結界術式，還同時布下感應魔法徵兆的魔法雷達。

「但是式神不可能沒遭受術法干涉就自然消滅吧？我不認為是你操縱式神失誤。」

「那當然！可是……」

男性再度露出困惑的表情，微微看著下方搖頭。

朝著地面的視線前方，突然映出一個影子。

兩名男性驚愕地抬起頭。即使架設禁止他人靠近的結界，這個人影依然很明顯地就是朝他們接近，使得他們感到驚訝。但他們看清對方的模樣之後，這份驚訝即轉變成警戒與戰意。

站在他們面前的是個僧侶外型的人物。頭戴斗笠、身穿袈裟，一手拿著金剛鈴。

男性們知道他們調查的對象——司波兄妹和九重寺關係良好。他們在接下本次任務之前，九重寺住持九重八雲的大名就已經深深刻在心底。兩人相視了一瞬間，接著不是選擇先下手為強，而是逃走。

他們正想起身的這一瞬間，站在兩人面前的僧侶就如同在等待這一刻般，搖響金剛鈴。

清澈的音色從兩人周圍的「三個方向」傳來。

兩人露出驚覺不對的表情，坐在右邊的男性往右看，坐在左邊的男性往左看。

和正前方那名僧侶看起來一模一樣的僧侶，正以完全相同的動作搖動金剛鈴。

正要起身的兩人雙腿失去了力氣。

等到兩人發現自己中了法術時，大部分的意識早已封閉在黑暗之中。

◇　◇　◇

今晚也來到九重寺借用地底訓練設施的達也，一抵達就被邀請進入一間僧房。這是寄生人偶事件那時候用來商量事情的房間。八雲在達也坐下的同時，毫無開場白就開始說起。

「看來你又被捲入某個麻煩事裡了呢。」

光是這句話，達也就察覺到是要討論今天的式神事件。

「不好意思，勞煩您費心了嗎？」

仔細想想，對方大白天在堪稱是自家地盤的鄰鎮使用遠距離調查型的術式，八雲……應該說八雲的門徒們不可能對此坐視不管。

「因為血氣方剛的徒弟很多嘛。」

八雲露出苦笑，間接肯定達也這句詢問。

「所以，這次發生了什麼事？」

該如何回答？真的可以回答嗎？達也猶豫不決。不過他沒有遲疑太久，決定在回答與拒答之間取個平衡點。

「我接了工作，這個風波應該和這件事有關。」

「工作？風間那邊的？」

「不，軍方以外的那邊。」

八雲的眼睛瞇細成微笑的形狀，微笑著的雙眼釋放強烈光芒。

「方便問一下內容嗎？」

「這恐怕會是京都那邊的工作。我希望不用勞煩師父出馬。」

八雲嘴角微微上揚。他的眼神變得柔和，微笑成為真正的微笑。

「不用客氣沒關係。而且我和『傳統派』多少也有點過節。」

八雲主動提及「傳統派」這個名字令達也意外，不過這麼一來，就確定了調查家裡的術士已經落入八雲手中。

「這件事果然和被叫作『傳統派』的古式魔法師派系有關嗎？」

「這名稱不是世人取的，只是他們自稱罷了……」

八雲展現的執著令達也覺得好笑，但達也避免將其顯露在臉上。

「既然這樣就更不能請師父幫忙了。若成為古式魔法師的內戰，可不是開玩笑的。」

在全國的古式魔法師之中，對於「傳統派」這個名稱感到不悅的人也不在少數。自稱「傳統派」的古式魔法師們，原本就是不滿於忠實遵守傳統修行方式，加入前第九研尋求現代魔法訣竅的一群人。對於堅守傳統至今的術士們來說，他們自稱「傳統」是不知羞恥的做法。加上和檯面下工作有關的術士大多是屬於「傳統派」，所以檯面上知名古式魔法派系旗下的魔法師們，也強烈要求肅清傳統派。

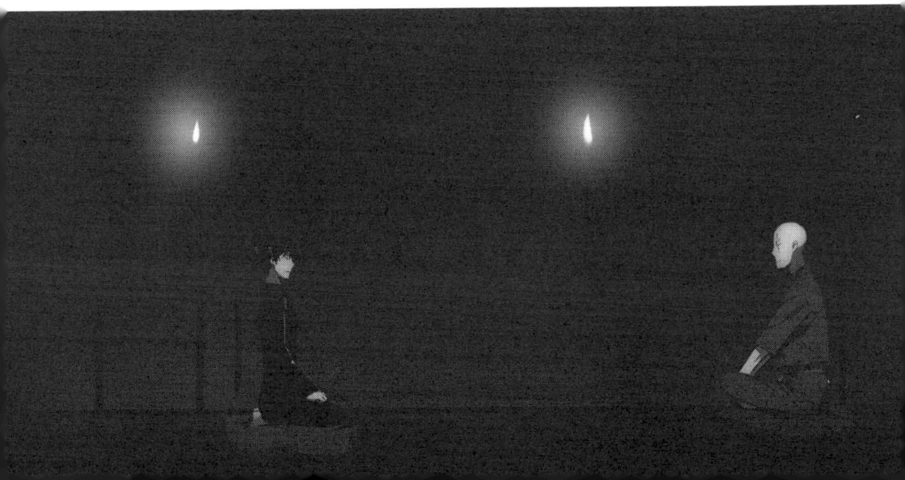

「真是的，我距離悟道也還差得遠呢。」

八雲露出靦腆的笑容，不曉得是不是自覺心情變得好戰，不像自己的作風。

「話說回來，想偷看我家的傢伙們被關在這裡對吧？我也想問他們一些事。」

達也陪著露出笑容，提出稍微深入的問題。而這問題中也包含轉換話題的意圖。

「現在應該沒辦法吧。」

八雲以令人發寒的笑容回答達也的問題。

「我害得他們『有點』累，所以現在讓他們在『安靜的地方』休息。」

想當然耳，達也不會懾於這種程度的壓力，他依然掛著客套的笑容，以閒話家常的語氣繼續詢問。

「這樣啊。那麼可以至少說明一下那些傢伙的真實身分嗎？」

「嗯，他們是『傳統派』僱用的野生魔法師。」

「野生？」

達也疑惑地復誦這個詞。

「是自由魔法師的意思嗎？」

「也可以這麼說。」

「這個國家有這種人？」

魔法師是珍貴的人力資源，從孩童到老人、好人到罪犯，應該皆由國家確實管理著才對。達也自己脫離公家管理，就某種意義來說是例外，不過這種人大多被二十八家延攬為私人戰力，可說是國家透過十師族體制間接管理。具備實用等級的魔法技能卻不屬於任何組織，這種魔法師對達也來說是種嶄新的驚奇。

「當然有。學不會現代魔法卻能使用特定法術的案例不算罕見。」

「……意思是古式有許多自由魔法師？」

「這個嘛，正確人數不得而知，但我覺得不在少數。」

換句話說，本次工作必須應付的魔法師，有可能比至今所預料的還多。達也在心中上修工作的難度。

◇ ◇ ◇

西元二〇九六年十月一日，第一高中的新學生會開始運作。成員是會長司波深雪、副會長七草泉美、會計光井穗香、書記櫻井水波，以及「書記長」司波達也。

「書記長」這個神祕的職位當然也有招來異議。平常只交付工作給學生會，不干涉學生會運作的教職員室，也發文詢問這是怎麼回事。依照校規，學生會幹部以會長、副會長、會計與書記組成，其中沒有「書記長」這個職位，但深雪以不容分說的笑容加上「書記長是通稱，正式名稱是書記」這句話擊退所有反對意見。沒人敢提出「為什麼需要『書記長』這種通稱？」這個中肯的反駁。

此外還有一個隱情，在於大多數學生希望達也留任學生會幹部。要是深雪失控，只有達也能夠阻止她。這是二、三年級學生的共識，而且要是將達也逐出學生會，深雪肯定會失控。

就像這樣，這一屆的第一高中學生會在某方面來說有著恐怖獨裁政治的味道，不過納入「統治」的學生們看起來樂在其中，呈現有點無可救藥的狀態。或許可以形容為偶像獨裁制度吧。這對於獨裁者來說，算是一種天堂。

只不過深雪沒有統治慾，更是絲毫沒有想成為獨裁者的願望。其實她擔任學生會長一職也是情非得已。「要是哥哥擔任學生會長就好了」是她毫不虛假的真心話，而且還附加「若是如此，我就能盡心盡力為哥哥效勞了，要我當副會長或書記或泡茶專員都行」這種任何人聽到都會覺得很危險的妄想。

總之深雪不希望達也的立場在她之下。這會令她聯想到兩人在四葉家的關係，她無法忍受。因此她不惜捏造「書記長」這種對外無法使用的頭銜，在自己心中做個妥協。

基於上述狀況，關於達也就任書記長的疑問、異議與反對意見，深雪以午休時間加上放學時間的一個小時「說服」眾人閉嘴，讓學生會室終於恢復平靜。

配合新學生會起跑而改朝換代的新風紀委員長來到學生會室打招呼，大概是算準了這個時機來的吧。

「那個，這一年請多指教。」

「吉田同學，我才要請你多多指教。」

緊張的幹比古即使注意要展現友好態度也免不了拘謹，深雪以親切的笑容回應他。

獲選為新委員長的是幹比古，違反了大多數人以為花音的接班人應該是雫的預料。風紀委員長由九名風紀委員互選，這次的結果是幹比古五票、雫四票，戰況非常激烈——順帶一提，幹比古投給雫，雫也投給幹比古。幹比古曾經是二科生，有人暗中阻止他就任委員長，但雫全身釋放著「我不要接這種麻煩工作」的氣場，且懾於這股壓力的委員占多數。

此外，雫無視於緊張的幹比古，和穗香聊著「達也同學留在學生會，真是太好了呢。」「嗯……」這樣的女孩話題。

在學生會長、風紀委員長改選之後首度見面的席上，總是會聊到退休風紀委員的缺額遞補，但這次學生會推薦的三名委員恰巧都是二年級，直接繼續留在委員會，所以幹比古真的只是來打招呼而已。看來幹比古原本以為還要辦理一些手續，他現在似乎閒得發慌。達也帶他前往房間一角獨立配置的終端機前。

「達也，怎麼了？」

幹比古從達也的態度推測他別有用意，因此他坐在終端機前面之後，就輕聲詢問站在一旁的達也。

「你先看這個。」

達也並未直接回答，而是單手用終端機的鍵盤打字。

螢幕顯示字串與圖表。

「是啟動式嗎？」

那並非是將屬於機械語言的啟動式轉換為想子訊號，而是轉換為人類易於理解的模組語言與圖表。

「這是……記述式神構造的啟動式吧。你居然找得到這麼稀奇的資料。」

「只是湊巧找到的。我想問你，式神的構造是否會因為流派而不同？」

幹比古似乎以為達也是從某個函式庫找到的。達也沒說這是自己解析構造後重新構築的啟動式，委婉詢問這個啟動式的來歷。

「當然會，而且特徵頗為淺顯易懂。比方說這是……應該是修驗道的系統。應該是修驗道當山派術士使用的式神沒錯。」

「修驗道有分派系？」

「與其說派系更像流派……不，應該說宗派。這是真言宗體系的修驗道。」

「真言宗？我一直以為式神是陰陽術或道術的術法，密教也有使喚式神的方法？」

達也單純的疑問，引得幹比古有些得意地點頭。

「有喔。密教系術士稱作『護法』，不過本質相同。」

此時幹比古不經意地將目光移回螢幕，露出像在說「哎呀？」的表情。

「這是什麼？加了奇怪的改寫呢……」

幹比古注視螢幕一陣子之後，掛著理解到什麼事情的表情仰望達也。

「原來如此，我知道達也為什麼偷偷摸摸了。這是從地下網站撿來的資料吧？」

「你為什麼這麼認為？」

達也這麼問純粹是想知道答案，但幹比古以一副「我懂我懂」的洋洋得意表情點頭。

「因為，這個式神明顯是用來竊聽偷窺的吧？」

「是嗎？」

達也這句話是「原來式神的用途分得這麼細？」的意思。

「這明顯是用在違法的目的。」

不過幹比古似乎解釋得更為狹隘。

「這樣啊，原來是危險的東西。找你商量是對的，我刪掉這個檔案吧。」

「嗯，這麼做比較好。」

達也隨口稱讚兩句，幹比古就露出了非常愉快的笑容。

幹比古返回風紀委員會總部製作巡邏紀錄（似乎很久沒有風紀委員長會自己製作活動紀錄了），到了即將關閉校門的時間時，換成是社團聯盟的新總長前來打招呼。

「五十嵐同學，恭喜你接任總長。」

「啊……是，謝謝會長！」

新總長在深雪面前緊張不已——應該說完全平靜不下來。

「為了讓學生會順利運作，我想將來也會經常請社團聯盟協助。請多指教。」

「我我我我才要這麼說！今後應該會經常請學生會的各位在各方面提供協助。還請務必多多指教！」

「他看起來好像不太可靠呢。」在不遠處旁觀深雪與五十嵐會面的泉美，朝身旁的穗香輕聲這麼說。穗香只回給泉美一個苦笑。

深雪和新總長打過照面之後，學生會幹部也開始進行回家的準備。雖然這麼說，但他們不用和上個世紀一樣帶課本等物品回家，運動服或實習服也能免費利用校方的洗衣服務。平常帶回家的頂多就是屬於私人物品的情報終端裝置與一些瑣碎物品——如果使用的ＣＡＤ和達也一樣是可更換儲存裝置的類型，就還得帶卡匣回去。大致上就是這樣。眾人幾乎不需要花時間整理私人物品，「回家的準備」主要是檢查資料是否備份，或是確認哪些工作尚未完成。

「新會長五十嵐學長看起來有點懦弱……不對，有點文靜呢。」

泉美一邊收拾，一邊以突然想到般的語氣，向深雪述說她對新總長五十嵐的印象。

「他看起來很緊張耶，為什麼？」

「緊張？」

泉美發出相當疑惑的聲音。

「深雪早就認識五十嵐了嗎？」

泉美的反應過於率直，使得深雪苦於回應，此時達也上前幫忙解圍。

「是的，雖然我們不同班，但五十嵐同學的實技成績名列前茅，所以我們有一起接受評分過幾次。但我認為穗香或雫和他比較熟，記得他們是同個社團。」

穗香看到深雪以眼神示意之後開口。

「他是去年女子兩項競賽社的社長——五十嵐學姊的弟弟。」

「他擅長的魔法不適合競賽，所以競賽成績不太亮眼，但光看實力就無話可說。」

「光看實力？」

達也感覺雫這番話另有含意，復誦這四個字詢問。

「五十嵐同學該怎麼說……說他懦弱不太對，不過他容易在緊要關頭卻步。即使如此，在陷入絕境時卻會魯莽地放手一搏導致自我毀滅……應該說他個性上有點不擅長競爭吧。」

「他適合擔任參謀或副將，不適合當領袖。」

穗香苦心擇言想形容得圓融一點，但雫的苛刻評價搞砸了一切。

「這麼說來，新總長為什麼不是十三束同學？」

做完風紀委員會的工作，再度來到學生會室的幹比古提出疑問。

「記得在結果公開之前，感覺就像已經決定是十三束學長接任了，對吧？」

大概是同為風紀委員而慣於相處，香澄輕鬆地附和幹比古這番話。

「服部學長大概有自己的想法吧。」

誰擔任社團聯盟的總長，是由社團聯盟決定的。深雪以言外之意指摘這一點，促使大家別再對五十嵐議論紛紛，以免演變成暗中中傷他。

◇　◇　◇

學生會長選舉結束，遴選新學生會幹部告一段落之後，終於就要開始正式準備論文競賽了。

即使在京都舉辦的時候對純理論領域有利，但魔法論文競賽依然要求實際示範魔法，因此實驗器材正快馬加鞭地製作當中。

不過工作地點不是操場，主要是在講堂，這部分和去年不同。去年鬧哄哄的工作光景消失無蹤，主要看到的是眾人默默研究複雜設計圖的模樣。

達也在講堂二樓的座位俯視五十里指揮的「投影型魔法陣」製作過程，同時和幹比古討論警備細節。

「——那麼今年也不只是風紀委員會，還會廣為招募志工，從中選出護衛成員是吧？」

「當然。光靠風紀委員會的九人不可能面面俱到。不只是參賽代表的護衛，我還想招募志願的學生參與當地的警備任務。」

「今年的警備總負責人是服部學長吧？」

「學長正在和別校的警備負責人開線上會議。」

「連續兩年由第一高中學生擔任總負責人，其他學校沒意見嗎？」

「這沒問題。警備總負責人由九校戰祕碑解碼的冠軍學校派任，似乎是不成文規定。」

「喔～原來是這麼一回事啊。」

「原來去年由十文字學長擔任總負責人，也不是因為他是十師族啊。」

雷歐與艾莉卡加入達也與幹比古的對話。他們至今都保持安靜以免礙事，但這個意外的內幕似乎讓他們忍不住發言。

「嗯，我也是第一次聽說。」

「其實我也是不久前才知道。有些事不問就不會知道呢。」

雖然兩人的發言打斷討論，但達也與幹比古看起來都不在意。

「所以達也，你要幫忙護衛還是警備？」

「你已經以我會幫忙為前提了啊？」

「當然。我很依賴你喔。」

這種說法相當厚臉皮，但達也只是掛著無聲的笑容，沒有表態拒絕幹比古的委託。他來這裡找幹比古是要協調學生會與風紀委員會的合作關係，但他個人也不排斥幫忙。

「這個嘛，我就負責當地的警備吧。」

因為地點在京都，在「工作」上也比較方便。

「那我也過去幫忙吧。」

雷歐聽完不知道想到什麼，突然舉手這麼說。

「既然負責當地的警備，就得先去場勘了。」

——不，雷歐的想法非常好懂。

「咦～我要和達也同學去京都，你去當護衛啦。你很擅長當肉盾吧？」

此時艾莉卡以完全不像是開玩笑的語氣提出異議。

「肉盾是以要被拳頭打、被刀子刺為前提吧！不要講這麼危險的事情啦！」

「也可能被子彈射喔。」

後半段當然是玩笑話。比起這個，幹比古更在意艾莉卡頗為認真的前半段發言。

「艾莉卡……妳去京都打算在那邊過夜吧？」

「這是當然的吧？」

在這個時代，要當天往返東京與京都絕非難事，在談生意的時候反倒是理所當然的行程。不過這次是警備的場勘，不只是成為會場的新京都國際會議中心，也會廣範圍地勘查周遭區域。雖然很難想像會和去年一樣早早發生事件，不過反過來說，正因為去年才發生那種事件，所以才無法疏於警戒。

「意思是……你想和達也一起去要過夜的旅行嗎……？」

「笨……笨蛋……！」

背上婚前旅行嫌疑的艾莉卡臉蛋不知為何不是變紅，是變得鐵青。

「怎……怎樣啦！」

不知該說是怒罵還是極力辯解，艾莉卡如同拚上性命的氣勢，使得幹比古結巴起來。在這個時間點，幹比古只是懾於艾莉卡看似過度的反應，但聽到理由後，他臉上也失去了血色。

「要是被深雪聽到怎麼辦？就算是開玩笑也會吃不完兜著走耶！」

幹比古連忙掃視四周，他露出的正是身處戰場正中央的眼神。形容為「拚死拚活」一點都不誇張。

不是「無法只當成玩笑話了事」，是「就算是開玩笑也會吃不完兜著走」。並不是隨口說出來的話語會被當真，而是明知只是開玩笑也不能講出這種話。幹比古覺得確實可能如此，不對，是肯定會如此。絕對零度的寒氣隨時都有可能逼近自己……幹比古由衷感到恐懼。

不過，像這樣把恐懼顯露在外地有所提防，本身就是個輕率的行為。

「……你們把別人的妹妹當成什麼了？」

幹比古與艾莉卡僵硬的脖子發出摩擦聲，把臉轉向聲音傳來的方向。

兩人轉頭後，看見達也掛著令人心底發寒的笑容。

「真是的……都是Miki亂講話才害我折壽。」

「我叫作幹比古……」

幹比古說出的慣例抗議也毫無氣勢可言。其實幹比古對艾莉卡抱持前所未有的同感。

達也並非直接危害，只是以冰冷的視線投向兩人。不過光是這樣，幹比古就覺得有種自己少了一小段壽命的錯覺。

那不是雪或冰的冰冷，是研磨鋒利的刀刃那種冰冷。是更直接威脅到生命的事物。

艾莉卡的感受也大同小異，她掛著精疲力盡的表情。

「我覺得艾莉卡與幹比古這樣挺失禮的喔。」

達也掛著不悅的表情表達不滿，大概是好友的這種態度依然令他無法釋懷吧。雖然他已經沒有散發著幾乎能把人壓垮的壓力，但是用不著說明就知道他很不高興。不只是當事人艾莉卡與幹比古，旁觀的雷歐也強烈感覺必須換個話題。

「話……話說，我們都負責會場的警備就好了吧？反正千代田學姊應該會寸步不離地保護五十里學長，北山也會陪同中条學姊吧？」

雷歐大概覺得，沒有真的被怎麼樣卻一直生氣很幼稚吧。達也回應他的這份貼心。

「不只是雫喔，千倉學姊與壬生學姊也會幫忙保護中条學姊。」

看見達也積極改變話題，艾莉卡與幹比古都鬆了口氣。不，並不是真的做出這個動作（兩人都沒這麼冒失），但是從態度就明顯看得出他們不再緊張。

「而且啟學長就算沒其他護衛也很夠了。」

「桐原學長報名擔任三七上學長的護衛喔。」

艾莉卡說完，幹比古接著提到另一個參賽代表——三七上凱利的護衛人選。雷歐聽他說完，不知為何低聲地說：

「三七上學長啊……那個人才不需要護衛吧？」

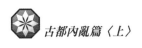

看來他無法接受由桐原擔任凱利的護衛。

「他的戰鬥力在我們學校也名列前茅吧？曾經和他組隊的幹比古應該很清楚這一點。」

正如雷歐所說，凱利是第一高中代表隊成員，他和服部、幹比古搭檔，在今年的祕碑解碼拿下冠軍。他在比賽中展現銅牆鐵壁的守備力，是未曾允許敵人進犯己方祕碑的高手。

「三七上學長對於各種魔法的知識非常豐富。他能夠在祕碑解碼完封敵校的攻擊，也是因為對方選手無論使用任何魔法，他看第一次就能正確掌握，並且在第二次之後使用最適當的魔法抵銷。這是非常高明的特技。」

魔法式無法干涉魔法式。情報強化是提高事象的穩定度（改寫難度），讓對方的魔法無法生效的技術。領域干涉是在目標區域發動「不定義改寫內容的事象干涉力」，排除對方事象干涉力的技術。兩者都不是直接干涉對方的魔法式。

不過，如果魔法引發的結果是干涉物理現象，那就始終是物理層面的現象。所以不同魔法改寫的結果當然有可能相互抵銷。例如，在壓縮空氣彈的軌道上設置「以魔法減壓的空氣聚合物」，「壓力比周圍空氣高的空氣聚合物」和「壓力比周圍空氣低的空氣聚合物」兩種現象就會相互干涉，導致魔法式無法維持定義內容而出錯。換句話說就是會中斷魔法效果。這種現象稱為「魔法抵銷」。要是己方的干涉力遠勝於對方，就可以覆蓋逆向的事象改寫，繼續維持魔法效果。但如果干涉力只是略勝一籌，就會和事象的復元力相互影響，優先產生抵銷現象。

不過，如果是刻意要造成魔法抵銷，就必須包含座標在內，正確預測對方想進行何種事象改寫。以抵銷的方式癱瘓魔法是「知易行難」的技術。

「看過一次的魔法就不管用，是這個意思嗎？感覺好帥啊。」

以戲謔語氣開玩笑的雷歐，也十分理解這是高超的技術。

「哈哈哈，總之因為這樣，所以三七上學長其實比較擅長理論。」

幹比古也配合雷歐孩子氣的玩笑話，笑著回以不算回應的回應。

「凱利是否需要護衛」的問題，由艾莉卡以下一句話解答。

「也就是說，桐原學長是負責擋下第一波魔法的肉盾，對吧？」

「喔喔，原來如此！」

艾莉卡的想法始終脫離不了「肉盾」，雷歐則是一置身事外就乾脆地認同這種說法。

「艾莉卡……還有雷歐同學……」

美月的冰冷視線刺向這對搭檔。

◇　◇　◇

從多人共同輸送型轉變成少人個別輸送型的公共交通工具不只是電車，從住家附近的車站搭乘通勤車（ＡＩ計程車）返家，已經成為大型都市普遍的代步方式。從自家前往車站時，是使用居民ＩＤ叫通勤車到家門口；從車站返家時，是在站前的通勤車乘車處找空車。在沒有通勤車乘車處的街角，可以用行動終端裝置連上公共交通網路呼叫空車。

達也他們在這方面也正常居住在這種都市，利用通勤車往來於自家與車站。雖然使用魔法就沒必要叫車，不過很遺憾，法令嚴格限制魔法的使用。現代社會對魔法師還沒這麼寬容。

就連現在，準備論文競賽而很晚放學的達也、深雪與水波三人，也在染成紫色的天空下，來到車站前面等待通勤車。

車站前面沒有空車稱不上是稀奇的事。要是完全沒人等車，無疑代表沒使用的通勤車過多，也就是浪費社會資源。

而且通勤車的配車系統和電動車廂的運作資料連結，幾乎不會讓乘客等待超過五分鐘。換言之，車輛充足到不會讓使用者感到不便。

實際上，達也他們也只等了兩分鐘左右。通勤車進入站前的專用軌道，暫時停在距離達也他們等待的乘車處約十公尺的下車處，讓一名推測將近三十歲的男性下車。車門自動關上，再度起步的車輛沒回到馬路，而是緩緩靠近乘車處——達也見狀便將右手伸進暗藏ＣＡＤ的懷裡。

水波以驚覺的目光仰望達也，接著連忙看向通勤車。停在視線前方的通勤車還沒打開車門，車內就釋放出了想子波動。

達也還沒抽出ＣＡＤ，水波就構築了圓筒狀的反物質耐熱護壁。保護的對象是自己與深雪。沒將達也納入護壁內側，是為了避免妨礙他行動。這是半年來反覆訓練的成果。

不過，從車內溢出的想子波，並非用來發動魔法。

凌亂揮灑迴盪，反覆重合的想子雜訊。不像演算干擾具備阻礙魔法的效果，相對的，密度遠高於演算干擾，足以妨礙辨識想子的魔法知覺，也可說是想子的煙幕吧。

（人造精靈自爆？是像想子的定時炸彈那樣的東西嗎！）

當這記以意外的方式進行的暗算使得深雪與水波陷入混亂時，達也立刻看穿這個「攻擊」的真面目。

（既然這是魔法煙霧，接下來就是……）

「水波，使用『下降旋風』。」

「啊，是！」

水波發動達也指示的魔法。幾乎在同一時間，圓環的噴水池濺起猛烈的水花——不對，噴水池的水全部化為水花，瞬間變化為濃霧。

周圍覆蓋濃霧之後，肯定連以魔法起風都要費一番工夫。因為用來操作氣流的空氣，和受到敵方干涉的微小水滴混合在一起。

但水波發動魔法的時候，霧還沒有來到達也他們周圍。空氣混入高濃度微小水滴會提升操作氣流的難度，始終只是因為術士瞄準時遭到妨礙。要是已經瞄準結束，即使濃霧籠罩也不會妨礙魔法運作。

結果就是「下降旋風」的魔法從上空拉扯空氣至地表劇烈捲動。以水波為中心向外吹的旋風，立刻吹走阻礙三人視線的水霧簾幕。

從眼前通勤車衝出來的矮小男性，和三人之中站在前方的達也四目相對。這名男性手握小型十字弓，眼睛驚訝地瞪大。看來魔法設下的障眼法瞬間被破解令他感到意外。不過居然因為這種程度的失算就亂了陣腳，實力再差也該有個限度。這樣只會使得對方有機可乘。

達也並不會放過這個機會。他朝著位於拳頭攻擊範圍之外的矮小男性，如同鞭子般犀利地踢出了右腳。

往下的迴旋踢。

男性手中的十字弓被踢落。

達也順勢直接彎起腿，改為施展側踢。

腹部中招的矮小男性撞上背後的通勤車，靠在車旁蹲下。不曉得是不是狠狠撞上車身時撞到後腦杓，別說起身，感覺連動也不動。看來不是意識朦朧就是已經昏迷。

落在人行道的十字弓，其安全裝置似乎已經被解除，射出了箭。幸好箭只是在路面彈跳，沒傷到任何人。

達也右腳回到路面時，感受到右側傳來正要構築魔法式的想子晃動。他迅速轉向該處，發現釋放施法前兆的是在下車處走出通勤車的男性。

達也這次真的準備抽出ＣＡＤ應戰，卻中止動作。

深雪在他反應之前就出面迎擊。

推測是敵人的男性先著手構築魔法，實際先發動魔法的卻是深雪。

男性使出魔法。達也的情報體認知視力捕捉到魔法式投射在深雪頭上一公尺處，而且他也「看見」這個魔法式沒能造成任何效果就四散消失。

「哥哥，剛才那一幕有拍到吧？」

深雪這個問題，是在確認和市區監視器一起設置的想子波偵測器是否有錄下對方的魔法，也就是在詢問正當防衛的事證是否成立。

「應該吧。而且就算沒拍到也有證人，所以不要緊。」

達也的回答是在幫妹妹的反擊掛保證。他有察覺除了他們三人，在這個站前區域至少有四個局外人感應到剛開始的想子波，並且正要展開啟動式。達也同時也已經記住這些人的長相。既然是魔法師，那應該也有「看見」剛才的攻防。

即使是在兄妹簡短問答的這段時間，男性也使出了三次魔法。所有魔法都被深雪的領域干涉擋下。

男性第五次構築魔法式。不是用來攻擊，是用來逃走的術式。

敵方男性轉過身去。

「休想逃。」

深雪靜靜宣告。男性的身影有一瞬間消失不見，接著又立刻恢復色彩。於是，他如同斷線傀儡般往前倒下了。

達也蹲在男性身旁，觸摸他的脖子，接著將手放在他的鼻尖，確認他還有微弱的呼吸。

「這種程度應該不會留下後遺症。深雪，妳進步了。」

深雪使用的是降低對方體溫，剝奪身體機能而使其喪失戰力的魔法。這個術式的強度很難拿捏，光是降低的溫度差數度就會害對方留下後遺症，不過這次順利停留在不算過度攻擊的範圍。深雪因此得到哥哥的稱讚，便說聲「謝謝」，羞紅了臉頰。不過對方男性在意識混濁的狀態跌倒，沒能做好防範措施，所以臉摔得很慘。全身瘀青擦傷又流鼻血的男性面前，站著一名臉紅嬌羞的美少女。從局外人的角度來看，這幅光景頗為奇特。

不過說到傷勢，被達也踢飛的矮小男性嚴重得多。達也捆綁他的手腳以免逃走，並且就這樣扔在路邊，所以在場最沒人性的無疑是達也。

「達也哥哥。」

這樣的他不可能為襲擊己方的對手處理傷勢，聽到水波呼叫就乾脆地從男性旁邊起身。

「請看這個。」

「果然是破魔箭嗎……」

十字弓的箭看起來握在水波手中——實際上是浮在手心上。達也見狀冷靜低語。

「……您心裡有底？」

達也絲毫沒有展現出意外的感覺，似乎令水波覺得奇妙，使水波反射性地提出這個不夠具體的問題。

「不，只是有在踢飛他之前看到。」

在那一瞬間？——水波並未如此感到驚訝。她是由四葉培育，兼任護衛的侍女，在四葉本家的訓練課程看過很多反常的人。應該說，雖然有程度上的差異，但她的衡量標準是落在反常這一側。對她來說，達也的身體能力足以歸為「常識」的範疇。

達也只是一瞥，但深雪卻目不轉睛地看著「破魔箭」。

「這是古式魔法之中用來妨礙魔法的法具，對吧？」

「正確來說，這個道具是用來妨礙以ＳＢ為媒介的魔法。對於直接將魔法式投射到目標對象上的魔法沒什麼效果。」

深雪聽完達也的解說，疑惑地微微歪過腦袋。

「對方認為我們是古式魔法師嗎？」

「不過這種箭和真正的破魔箭不同，光是射中就具備十足的殺傷力……」

達也看著尖銳的箭尖輕聲挖苦。如果只看外表的話，這根箭的特色只在於箭尖與箭身是一體成形，箭尾使用真正的鳥類羽毛，其他部分看起來就像一般十字弓使用的短箭。不過，看起來只是壓縮木材的箭身，實際上的材料是將木材削得薄如紙、長如捲軸，再捲入寫上咒語（真言、祝詞）的物體壓縮加工而成。雖然叫作「破魔箭」，使用者卻不限於神道系的術士，對於以「文字」為媒介利用的古式魔法師來說是共通的法具。

「這果然是針對ＳＢ魔法的武器吧。如果對方不是找錯襲擊對象，就是基於某種理由誤以為我們是古式魔法師。」

此時，達也察覺「我們是警察」的聲音正在接近。

「後續等回家再說吧。」

這是在最接近自家的車站發生的事件，有許多人目擊，市區監視器也肯定有拍下過程。逃亡是愚昧的做法。

想到必須花時間接受偵訊，達也就嘆了口氣。

警察約一小時後放達也等人離開。即使如此依然算早了。警方從一開始就沒有懷疑他們受害者的立場，其原因果然在於市區監視器與想子波感應器的紀錄。

「真是的，拖得好晚。」

若只看時間，還不到「好晚」的程度。但精神疲勞令達也覺得現在比實際時間晚得多。

而且不只是達也如此。

「的確……我立刻準備晚餐。」

深雪回應的聲音也透露出疲憊感。

「深雪姊姊，由我來吧。」

水波也難得一副倦怠的語氣，但她依然主張自己有權掌廚。不曉得該說她頑固還是正經。恐怕兩者皆是吧。

「是嗎?那就拜託妳了。」

「好的。」

深雪很乾脆地讓步，令水波露出意外的表情，沒換衣服就準備進入廚房。

「哥哥，我去為明天做準備。」

不過深雪接下來這句話令水波猛然轉身，臉上浮現些許苦惱的神色。明天是去生駒造訪九島家的日子。「即使只是兩天一夜，身為侍女也應該幫忙準備吧?」「可是也得盡快準備晚餐……」她在這兩個義務感之間左右為難，不知該如何是好。

「不用這麼急著準備也沒關係吧？妳們兩個要不要先去換衣服？明天的事情等餐後再慢慢準備就好。」

「是，達也哥哥，我會照辦。」

對於無所適從的水波來說，達也這番話是及時雨。

「這是達也哥哥的吩咐。深雪姊姊，我們走吧。」

水波不給深雪插嘴的機會，將主人趕上二樓。

結果，關於明天旅行的準備，只有達也的份是由深雪與水波一起進行，兩人各自的準備都是由自己完成。兩人一邊拌嘴討論一邊開心地在自己衣櫃翻找衣物，達也掛著「真拿妳們沒辦法」的笑容看著這幅光景。

在客廳進行因此延後的茶水時光時，達也向兩人說起剛才的襲擊。

「剛才那些人肯定是古式魔法師。不只是破魔箭，另一人想用來逃走的透明化魔法，並不是干涉光線的反射或折射，而是讓別人難以辨識術士的精神干涉系魔法。和九島烈在去年九校戰開幕典禮使用的術式屬於相同系統。」

「那麼，他們是九島家的人？」

達也搖頭回應深雪的詢問。

「九島家的術士，並不會誤以為我們是古式魔法師。對方反倒是敵對勢力──『傳統派』的手下吧。」

「是文彌說的『傳統派』嗎……這名字聽起來很誇張，他們究竟在主張什麼傳統？」

深雪疑惑地歪過了腦袋。如果不知道「傳統派」這個名稱的由來的話，肯定所有人都會這樣質疑。

「大概沒什麼特別的意思吧。」

達也掛著苦笑，搖搖頭回應深雪這番尖酸的話語，但他卻在中途露出像是在說「哎呀？」的表情。

「看來水波知道傳統派。」

「是的，本家提過這是必須提防的魔法結社之一。好像是被前第九研背叛的古式魔法師，為了報復十師族而組成的集團。」

看來，沒有明顯展露疑問之意的水波果然知道這件事。

「斷定他們是以報復為目的，我認為說得太重了。不過其他部分和我知道的一樣。」

可惜其中有些許認知差異，但知識在傳達的過程中總會失真，這種程度堪稱在所難免。

「所以，關於他們誤以為我們是古式魔法師的理由……深雪，妳記得前幾天有人造精靈想調查我們家嗎？」

「記得。是週日的事吧？」

「那個術士似乎被師父的徒弟逮到了。」

「原來如此……所以他們才會誤以為我們也是八雲老師那邊的人。」

深雪露出能夠理解的表情點頭。反觀水波，她似乎無法釋懷。

「水波，怎麼了？妳知道八雲老師吧？」

雖不到眼尖的程度，但深雪察覺水波的異狀，以言外之意催促「想問什麼不用客氣」。

「是，我當然知道……但八雲大人為什麼要逮捕刺探我們家的魔法師？」

水波的疑惑目光不只包含這單純的疑問。深雪不知道她掛念的是什麼事，但達也知道。

「不，那是水波誤會了。我與深雪都沒有接受師父的庇護。」

如果不只是學習體術，還接受八雲的庇護的話，那不就是對四葉家的一種背叛嗎？這是水波的想法。

「師父常說自己不只是和尚更是忍者，大概是身為『忍者』無法放任外人在自家院子調查各種情報吧。即使被調查的對象不是他自己。」

「原來是這麼一回事嗎？」

水波眼中的質疑消失，看來這段說明總算令她接受了。

「多虧這次的襲擊，我得知兩件事。」

釐清這個奇怪的疑惑之後才是重頭戲。

「第一，我們成為了敵方的明確目標。敵方應該就是傳統派。」

深雪與水波表情顯露一陣緊張。

「第二，敵方不曉得我們的底細。」

深雪成功克制驚訝情緒，但水波「啊！」地輕聲驚叫。

「敵方是跟蹤文彌他們而來，這事幾乎可以確定是事實。他們應該知道文彌與亞夜子是『黑羽』，也知道黑羽和四葉家有關。至少周公瑾似乎知道黑羽負責四葉不能見光的工作。」

此時，不知道達也是覺得哪裡好笑，輕聲笑了出來。

「哥哥？」

「沒事，抱歉。講到『四葉不能見光的工作』，聽起來像是四葉家有在經營光明磊落的事業，我才忍不住笑出來。別在意。」

達也驅趕無謂的雜念，回到正題。

「換句話說，對方知道四葉相關人士造訪這個家，卻不知道我們和四葉的關係。不只如此，甚至沒想過我們是四葉旗下的魔法師。如果他們認為我們是四葉的魔法師，照理說就不會帶古式魔法用的咒具過來了。」

「也就是說……對方認為我們是四葉旗下的黑羽家僱用的古式魔法師？」

這個問題是水波問的。她隱約感受到某種危機。

「就是這麼回事。敵方知道我們的存在，卻不知道我們的真實身分。他們不曉得黑羽為什麼挑選我們當幫手。」

「這也就是說……敵方的攻擊也可能殃及我們以外的人？」

水波這句話引得深雪微微睜大雙眼，使達也微微瞇細雙眼。

「沒錯，比方說，我們就不能忽略艾莉卡或幹比古成為對方目標的可能性。穗香或美月也可能被擄為人質。」

「我們是不是應該委託姨母大人或黑羽先生派人護衛？」

深雪之所以能意外地冷靜，在於達也並未著急。即使如此，她還是明白這件事得盡快處理。

她毫不猶豫地建議找真夜幫忙就是其證據。

「還是別拜託姨母大人吧。感覺拜託她派遣護衛，可能會反過來被她當成誘餌。」

「那麼找老師？」

「感覺得付出不少代價……但是也沒其他辦法了。」

達也喝光杯裡的飲料後，站起身子。

「我去師父那邊一趟。」

可能他打從一開始就打算直接去練習新魔法，所以身上是隨時可以出門的穿著。裝入實驗用

ＣＡＤ的手提包也已經放在玄關了。

「妳們先休息吧。要關緊門窗。」

達也從玄關收納盒取出並裝備ＣＡＤ「三尖戟」，再加穿一件薄外套，對送行的深雪與水波這麼說道。

「我知道了。」

在同聲致意的兩人目送之下，達也打開了玄關大門。

隔天早上的達也完全一如往常。昨晚他和八雲討論了哪些事，他絲毫不讓深雪或水波知曉。

不過達也如常的模樣也令人安心，令人覺得他昨晚已經完成了保障朋友安全的某種協議。

但是達也本人並未就此安心。應該說他生性不會因為只做了一道防範措施就放心。

放學後的學生會室。今天晚間六點必須造訪生駒的九島家，因此深雪以私事為理由，將後續工作委由穗香與泉美處理。

「雫。」

接著，達也對來玩的雫說話。

「什麼事？」

雖然回應的語氣冷漠，但達也知道雫本人並不冷漠，所以不會在意她的語氣。

「可以讓穗香暫時住妳家嗎？」

「咦咦！」

發出驚叫的是穗香，雫只有微微蹙眉。

「為什麼？」

「因為她自己一個人可能有危險。」

「……那個，這是怎麼回事？」

穗香以擔憂到蒼白的臉色詢問。達也當然也打算盡可能說明理由。

「其實，我昨天走出車站的時候遭到了襲擊。」

「怎麼會這樣！您有受傷嗎？」

率先大喊的是泉美，她詢問的對象是深雪。

「沒事。哥哥、我與水波都毫髮無傷。」

深雪露出了微笑，泉美見狀便輕撫著胸口鬆了口氣（不是比喻，是真的做出這個動作），同時坐回椅子。

「如深雪所說，我們沒受傷，但我們不知道遇襲的原因。」

這番話有一半是假的，不過另一半是事實。而且在這個場合，事實比較重要。

「警察呢？」

「還沒通知我們，大概正在偵訊吧。」

「所以也不曉得對方身分？」

「只知道是古式魔法師。」

「只有這樣？沒有其他線索？」

「如哥哥所說，我們不知道為什麼會遇襲。」

「那麼，難道說……」

穗香旁聽雫與深雪的對話，思緒朝著達也期望的方向發展。

「對方也有可能不是針對達也同學一個人，而是第一高中的學生會嗎？」

達也並不是想嚇唬穗香，不過讓她保持戒心會比較好。

「不曉得。只是如我剛才所說，最好盡量避免落單。」

「我知道了。」

雫將手放在感到害怕的穗香肩膀上。

「穗香，今天起住我家吧。」

「……嗯，我會的。我得做個準備，回家的時候可以陪我一趟嗎？」

「好啊。」

不知道是不是因為即使是好友，也會對突然住進對方家裡感到抗拒，穗香略顯猶豫，但最後還是聽從達也的建議，心懷感謝地接受雫的善意。

達也的暗中安排並未就此結束。

「……所以，現在不曉得是誰會被盯上。」

「可能和論文競賽有關，也可能無關，是吧？」

達也要深雪與水波稍待片刻，並和剛才一樣對幹比古灌輸虛實參半的話語。今天也在講堂參觀五十里的工作，順便擔任護衛的幹比古聽完達也編纂的故事之後，回以像是附和的詢問。

「沒錯。既然沒查明原因，就無法縮小目標範圍。」

幹比古看起來不懷疑達也的說法。在這裡稍微幫幹比古辯護一下，他會不懷疑這段話，與其說是因為他為人善良，不如說是因為他非常重視第一高中學生在這個時期遇襲的事實。

「是不是該增派參賽代表的護衛？」

「不，中条學姊身邊已經夠多人了，而且五十里學長與千代田學姊、三七上學長與桐原學長這兩個組合，應該能擊退大部分的對手。」

默默旁聽兩人交談的雷歐反覆大幅點頭。

「比起他們，我更擔心你們與美月。因為你們是我在第一高中交情最好的朋友。」

聽到「交情最好」這幾個字，兩個男生露出害羞的表情。

可是卻有人維持嚴肅表情、毫無笑容，這個人就是場中的一點紅——艾莉卡。

「我沒問題啦。Miki就不用說了……雷歐應該也沒問題吧。」

「我比較擔心妳喔，因為妳畢竟也是女生。」

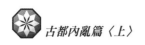

艾莉卡的說法就某種意義而言是在瞧不起雷歐，他聽到後也口出惡言來反擊。

但是艾莉卡的反應和平常不同。

「也對。正如這笨蛋所說，美月最令人擔心。因為說到戰鬥力，她就只是平凡女生。」

不知道幹比古是不是也在思考相同的事，他露出緊張表情，點頭回應艾莉卡的指摘。

「是啊……」

「……達也同學，這段時間我會陪著美月。只要上下學的時間就好嗎？」

艾莉卡提議由自己接送美月，但三個男生都各自搖頭。

「就說了，妳也是女生吧？」

「即使艾莉卡實力再好也很危險。對方是古式術士，雖然我不認為艾莉卡正面交鋒會屈居下風，但是也不曉得對方會用什麼陰險的手段。對吧，達也？」

「我也贊成幹比古的意見。如果只是要自保就算了，但要是還得保護美月，這工作就不適合艾莉卡。」

先不提雷歐單純的反對意見（不過或許是最有效的），幹比古與達也的說法很中肯，所以艾莉卡也沒有堅持己見。

「……那就由Miki陪她吧。」

「咦咦！」

但她沒忘記扔炸彈反擊。

「也對……幹比古，可以拜託你嗎？」

「咦，不，可是……」

「要確實到她家接送喔。也別忘記對美月的爸媽打招呼，不然會被誤認是跟蹤狂。」

「唔……」

幹比古知道這麼做的必要，但是心理層面卻有強烈抗拒。尤其是「對美月的爸媽打招呼」這個部分。

「美月那邊由我去說。」

「嗯，拜託了。」

要說是他理性與感性的對抗……也不太對。

「……我知道了啦，不然出事就來不及了。」

幹比古以正當理由壓下難為情與害羞的情緒，決定忠於自己。

◇ ◇ ◇

達也做好周全安排之後，便帶著深雪與水波前往生駒。他們先搭乘之前提過的磁浮列車到奈良，再轉搭電動車廂。京阪神地區除了遺跡與歷史建築物密集的區域以外，交通網完備到不輸給首都圈。

這次坐磁浮列車也得到妹妹她們的好評，甚至讓達也覺得改天去更遠的地方也不錯。在這種小樂趣的伴隨之下，三人前往生駒山東側山麓的九島家。

十師族原本就沒有相互往來增進情感的習慣，頂多就是適婚男女為求良緣而交流，而且就世間看來也不算是特別頻繁。而達也與深雪得隱藏自己和四葉家的關係，更沒有這種機會。因此當然是首度造訪九島家。不過他們走出車站就轉搭自動駕駛的通勤車，所以不可能會有迷路的情形發生。

抵達時間是傍晚五點五十五分，幾乎和預定計畫相同。

他們下車之後按下門鈴，應門的不是幫傭，是藤林。

「歡迎光臨，達也。也歡迎深雪與水波，很高興你們造訪。」

「不好意思，還麻煩您特地陪同。」

雖說從一開始就說好要陪同，但藤林今天為了迎接他們，早一步從東京來到了生駒。即使是達也，也會覺得過意不去。

「別在意。好啦，不用客氣，請進。」

來到門口迎接客人的藤林，笑著邀三人入內。

如果不像達也那樣具備某種透視能力，確實需要有人帶路走過這座前院。水波露出佩服的表情左右張望。深雪則是很有教養地將視線固定在哥哥背上，不過映入視野邊角的翠綠圍牆似乎大幅打動了她的心。

九島家外門通往玄關的這條路，是以高兩公尺以上的圍籬打造的迷宮。至於車輛用的出入口，應該是別條路吧，不過那邊肯定也設下了某些機關。人們使用的入口都做成魔法形態的迷宮了，車用入口不可能任憑所有人自由進出。

（這間宅邸就是一座堡壘啊。）

若是站在門外觀看，這座建築物就是雖然豪華，卻無其他異常的三層樓西式建築。不過只要踏入門內一步，就是拒絕不速之客的機關宅邸。也像是城塞建築正統化之前，兼具軍事意義的領主住處。

「誇張到嚇一跳了吧？」

藤林大概是感覺到達也散發著被嚇愣了的氣息，她笑著搭話。

「這可不是防止傳統派襲擊而特別設計的喔。自從這棟宅邸落成，這裡的人們就一邊吸收前第九研的研究成果，一邊一點一滴地強化守備。在這裡蓋房子是當時政府的既定事項。你知道為什麼嗎？」

藤林詢問的語氣，像是在和小孩子玩腦筋急轉彎。應該回答不知道，還是該說出正確答案？

達也不知道藤林期待何種回應，但他的服務精神也沒那麼旺盛。
「我聽說是要監視大阪。」
「還真無趣……你說對了。」
達也看見藤林一副失望的模樣，覺得她真的就像個孩子一樣，不過這是只藏在達也心裡頭的祕密。
「哥哥，是要監視大阪的什麼呢？」
達也的知識並非普遍的常識，所以剛才藤林才會洋洋得意地詢問。深雪詢問哥哥之後，藤林就像是覺得這次一定要好好抓住這個機會般回答。
「大阪是國際商業都市，基於這個特性，外國人的進出管制相當寬鬆，外國人想居住也很方便。但無論如何都會有幹員逃離監視的眼線，出事的時候容易被對方搶得先機。」
「所以這座宅邸就是為了因應那種情況？」
「沒錯。因為對於政治家來說，魔法師幹員的祕密行動是最惡質的惡夢之一。九島家是前第九研最傑出的成功案例，因此受命阻止外國魔法師幹員過於跋扈。」
藤林說明之後，深雪露出姑且算是可以接受的模樣，不過看起來還殘留著些許疑問。
「深雪，不用客氣喔。」
藤林似乎也察覺了這一點，催促深雪說出口。

「謝謝。雖然我覺得不是什麼重要的事……不過既然是負責監視潛入大阪的幹員，我覺得據點應該設立在大阪，至少也不應該是生駒山東側，而是西側。」

隨口提出的這個問題，似乎戳到了藤林的痛處。

藤林蹙眉語塞，由達也接棒回答。

「因為要是過於接近，恐怕會被對方拉攏。」

深雪略微表示驚訝。

「意思是可能背叛？」

「政治家是這麼認為的。」

迷宮結束，可以看見玄關了。關於政治家對魔法師的看法這個話題，還沒深入討論就被迫中斷了。

九島烈已經在會客室等待。雖然這麼說，但現在時間是傍晚五點五十九分，達也他們沒有遲到，所以不覺得惶恐，而且也沒有實際感到畏縮。

面對日本魔法界的長老，達也的身心完全一如往常。

「感謝您今天撥空接見我們。」

面對這句百分之百是表面工夫的問候，烈甚至稍微露出苦笑。

「好久不見。上次像這樣直接見面，應該是去年夏天的事了吧。」

「感謝您當時幫忙說明電子金蠶的事。」

「不……」

烈臉上浮現躊躇，但他將這份躊躇壓抑在心底。

「我原本沒道理出現在你面前，但你主動要求見我。我很高興能夠再見到你。」

「不敢當。」

達也行禮之後想繼續說客套話，烈搖手制止。

「司波達也同學，雖然這可能是自我滿足，但我想先向你道歉。寄生人偶事件是我基於自己的考量與覺悟而策劃的。我並不是要以敗者身分辯解，但也不打算承認自己錯了。不過那次勞煩你動手又造成你的痛苦，我真的感到很抱歉。」

烈說著深深低下頭——但他依然坐在會客用的舒適沙發上。達也與深雪都以嚴肅表情看著他，只有站在深雪後方的水波眼中浮現輕蔑的冰冷光芒。

「我沒立場請你原諒，但請你至少容許我道歉。」

「閣下，請抬頭。」

達也以「聽起來」很惶恐的聲音回應烈。

「怎樣才是最好的做法，各人的想法各有不同。若是這種程度的道理，晚輩我也能明白。當時我無法容許閣下想做的事，但我不打算否定閣下認為應該開發無人魔法兵器的想法。」

「……你願意這麼說，真是幫了我一個大忙。」

烈抬頭和達也目光相對。達也與烈注視彼此的雙眼。

「——你們本次造訪的用意，我聽響子說了。」

繼續推動話題的人是烈。

「逮捕周公瑾。這是真夜……不，是四葉閣下交付的任務對吧？」

「是的。」

深雪維持高雅的模樣在達也身旁待命，內心卻大為驚訝與慌張。雖說對方是很可能知道己方隱情的九島烈，但她沒預料到哥哥居然會很乾脆地向他承認自己和真夜的關係。

「你知道四葉閣下是接受誰的委託而行動嗎？」

「不。我不知道，而且我覺得也沒必要知道。」

「你甘於成為四葉的棋子？」

烈這個像是試探般（實際上應該就是試探沒錯吧）的問題，達也以完全相同的撲克臉，再度回答「不」。

「因為我明白必須假裝自己不知道。」

烈看出達也所言並非逞強，嘆了一口氣。

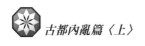

「原來如此……你連『那一位』的事情都知道啊。」

達也沒有做出任何回答。他以態度表示「無可奉告」。

「看來深雪同學似乎不知道……沒事，我說了些沒意義的話。」

烈交互看向達也與深雪，再度嘆了口氣。

「十師族被師族會議訂立的規則束縛著。其中一項守則是十師族除了緊急狀況，不可以沒經過師族會議就共謀或合作。」

「是。」

達也不曉得師族會議的細部規定，這個騙小孩的規則也是現在才第一次聽到，但他沒有出言批判，僅以簡短話語附和。

「以九島家的立場，沒辦法接受四葉家的委託提供協助。所以這件事，我想以九島烈個人的身分，接受司波達也個人的委託。」

「謝謝您。」

烈拐彎抹角地答應協助，達也與深雪齊聲向他道謝。

深雪掛著微微笑容，但達也依然面無表情。

和九島烈的面會短短不到十分鐘就結束，但達也相當滿意。雖然九島烈原則上是以個人身分接受委託，卻也保證會委託私人朋友幫忙。沒有繼續談下去反倒是加分的做法。

從烈的面前告退之後，藤林邀達也他們三人一起用餐。不是和九島家當家共進晚餐，而是簡單吃個飯，這是藤林貼心的安排。達也心存感激地接受她的邀約。

九島家宅邸有數間飯廳，三人被帶到看起來是孩子使用（不是孩童專用的意思，是讓家長帶來的未成年孩子們用來增進情誼的飯廳）的簡樸房間。眾人趁著料理還沒上桌之前談天說笑時，輕輕響起的敲門聲引得大家各自看向門口。

「進來。」

藤林說完，門就以不疾不徐的速度開啟。

「打擾了。那個，爺爺吩咐我加入各位的聚餐……」

出現的是和他們年齡相仿的少年。

他英俊的臉龐露出困惑神情。

少年超乎凡人水準的容貌，令水波倒抽一口氣。

連達也都不得不為他的美貌瞠目結舌。

雖說是俊美，卻不會給人女性化的印象。如果可以用這種方式形容他的話，那麼這個少年就是「典型的美少年」。

達也只知道有一個人和這名少年具備相同性質的美。

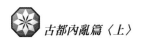

他知道的這個人——「典型的美少女」深雪，不發一語地和少年相視。

「光宣，你要在那裡站多久？」

藤林的這句話解除了少年與深雪身上的定身術。

「不好意思！」

少年展現和年齡相符的慌張模樣走到藤林身旁，也就是和達也他們三人隔桌相對的位置，停下腳步。

「初次見面。」

少年以依然有些慌張的聲音進行自我介紹。

「我是九島家當家九島真言的么子，就讀第二高中一年級的九島光宣。司波達也先生、司波深雪小姐、櫻井水波小姐，很榮幸見到各位。」

突然被叫到名字的水波臉紅了。她臉上露出的不只是驚慌。

「初次見面，我是司波達也。」

達也起身向光宣回禮。

「我是他的妹妹深雪。光宣先生，您認識我們啊。」

隨後深雪立刻起身，朝光宣投以微笑。達也與深雪都以友善態度對首度見面的光宣說話，

「就好像」完全沒抱持任何戒心。

相較於他們兩個人，光宣則是真的感到害羞。臉紅的光宣身上的神祕氣息變成易於親近的感覺，不過依然不改他是超絕俊美的美少年這個事實。

「我在九校戰見識過各位的活躍。啊，我年紀比各位小，請叫我光宣就好。也希望各位可以不要對我使用敬語。」

雖然美貌匹敵深雪，但表面上的個性似乎比深雪更像是個普通人。大概是因為他是當家的么子，沒有接受繼承人的教育所致吧。

「那就容我叫你『光宣』喔。」

深雪嫣然一笑，於是光宣難為情地移開目光。

此時水波總算重新啟動了。

「恕我失禮了！」

水波起身，發出「喀咚」的聲音。這個舉止很難形容為符合禮儀，但現在的水波無暇在意這種事。

「抱歉這麼晚才問候您！我是櫻井水波。光宣大人，今後請多關照。」

「啊，不，謝謝您這麼客氣。不過可以的話，請不要叫我光宣『大人』……」

緊張到全身僵硬的水波所展現出的態度，使得光宣露出不太自在的表情。

「光宣，不好意思，這是水波的習慣，應該說這是她的個性。還請你多多包涵。」

不過，達也像這樣客氣說明之後，光宣也沒辦法堅持自己的要求。

「這樣啊，既然您都這麼說了……」

這段風波以光宣的妥協落幕。

以學年來說，光宣和水波一樣是高一；以年齡來說，深雪、光宣與水波都是十六歲。但是他們並沒有因為同年而相談甚歡。

「光宣……這不是相親，所以不用這麼緊張。」

「咦？那個……對不起，響子表姊。」

「水波也是……突然要妳卸下心防或許太勉強，但是妳得再稍微放鬆一點才行。過度拘謹反而違反禮節喔。」

「……對不起，深雪姊姊。」

光宣與水波的緊張非比尋常，導致對話中斷。其他人也不能無視於兩人逕自談笑，因此這股尷尬氣氛到現在依然持續著。

「深雪，別這麼說。要求十六歲女生初次見到同年異性別緊張，這門檻也太高了。」

不過對於達也來說，光宣的緊張促使他對這個少年放鬆戒心。明明光宣這個外人在場，達也卻還這樣消遣自家人，就是他放鬆戒心的顯現。

「哥哥，我也是十六歲，也是初次見到光宣。您想說我不算女生嗎？」

深雪對這番話做出過度敏感的反應，朝達也投以鬧彆扭的視線。

「因為妳不是『普通』女生，是淑女。」

「哎呀，哥哥真是的……」

不過達也下一句話輕易地就讓深雪恢復心情。她按著染上一抹淡淡紅暈的臉頰，把目光從哥哥身上移開。

一個忍不住笑出來的聲音響起。

轉頭一看，便發現光宣正以雙手摀著嘴。他察覺達也等人的視線之後就害羞地臉紅，但還是無法立刻擺脫發笑症狀，花了十幾秒才勉強恢復鎮靜。

「恕我剛才那麼失禮……」

滿臉通紅在道歉的光宣非常可愛，過於端正的美貌原本令人覺得難以接近，但這層印象已完全消失了。

「哥哥剛才講那種胡鬧的話，我才應該道歉。」

深雪將所有責任推給達也，試圖收拾殘局。

達也以事不關己的表情聆聽對話。

「別這麼說……兩位兄妹倆的感情真好呢。」

「好過頭了，害我很傷腦筋啊。」

「我可不記得曾經害藤林小姐傷過腦筋。」

光宣不經意說出的這句話引來藤林消遣，達也則搭著她的順風車回應。

光宣露出和剛才不同的笑容，那笑容有點寂寞。

「我有點羨慕。我和哥哥他們年紀差太多，所以沒什麼好聊。而且我也沒朋友。」

「在學校應該有朋友吧？」

深雪這個問題或許稍微缺乏顧慮。

「我天生身體很差……經常請假沒上學。」

深雪露出像在說「糟了」的表情。

出言消除尷尬氣氛的，是光宣自己。

「但我這週狀況很好喔。對了！各位今晚會留下來過夜吧？」

「嗯，我們訂了附近的飯店。」

「不住我們家嗎……？」

光宣散發著有如孩童被排擠的氣息，使得達也不知道該如何應對。他的反應相當可愛，無法想像他是九島烈的孫子。達也判斷不出他的稚氣是真的，還是裝出來的。

「光宣，不可以強人所難喔。」

達也等人苦於回答時，藤林出言解圍。

「這種事要等你們交情更好再說。」

視為姊姊仰慕（對外）的表姊略微勸誡，光宣回應「說得也是」，露出僵硬笑容點頭。

「不提這個，光宣明天帶達也他們到處逛逛吧？」

達也他們還來不及反應，光宣就搶先附和藤林這個唐突的提議。

「好的，請務必由我來！」

「怎麼可以，這樣會為你添麻煩吧？」

深雪也知道這應該是沒有心機的善意，但光宣是今天才剛認識的人。以常識思考的深雪想要婉拒，提議人藤林則是出面說服。

「不過達也、深雪與水波都不熟悉這裡的環境吧？雖說光宣身體不好，但也只是容易生病而已，不像五輪家的澪小姐那樣出不了門。而且他也很熟悉傳統派可能躲藏的地方喔。」

達也的眼睛發出犀利光芒。

「對吧，光宣？」藤林承受著他的目光，面不改色地將話鋒轉向表弟。

「是的。我經常向學校請病假，相對的，我有自信自己比哥哥他們還熟悉爺爺的工作。所以司波——」

「叫我達也就好。」

「叫我深雪就可以了。」

光宣說到一半支支吾吾，是因為他後知後覺地發現場中有兩個「司波」。達也與深雪很快察覺這件事，要求光宣叫名字就好。

「請叫我水波。」

連無關的水波也順道如此要求，就當成是她並非喜歡自我表現，而是貼心使然吧。

「達也的工作是尋找傳統派的術士嗎？」

光宣如此詢問時的表情很嚴肅，看起來絕對不是基於興趣使然而問。這代表他也是十師族的魔法師。

「大致沒錯。」

這句回答暗指正確來說不是這樣。

「這樣啊。」

光宣沒有多嘴詢問哪裡不一樣。

「既然這樣，我想我幫得上忙。傳統派據點最集中的地方是京都，不過奈良也有不少應該是主要據點的地方。我明天為各位帶路。」

達也在仔細考量光宣的提議是否值得。反觀深雪與水波卻是露出「咦？」的表情，因此藤林決定解除兩人的誤會。

「傳統派是一個魔法結社，卻不是單一組織，是至少由十個魔法師集團組成的聯盟。所以各集團都擁有可稱為根據地的據點。即使總稱十師族，包含師補十八家也分成二十八個家系吧？他們也是類似的狀況。」

原來如此──兩人露出聽懂的表情。

藤林說明結束時，達也也已經暗自做出結論。

「恭敬不如從命吧。光宣，麻煩你了。」

這麼一來，這個伴隨著危險的任務將波及實力不明的十六歲少年，但深雪與水波都沒有特別提出異議。

既然是達也決定的事，深雪只會由衷聽命。而且水波也被教導過，侍女對主人的決定插嘴是件踰矩的事情。

◇ ◇ ◇

隔天，達也等人一大早就到飯店櫃檯辦理退房，再度造訪九島家。他們只先將行李從飯店寄到奈良車站，以輕便的裝扮造訪。

說到輕便，今天的深雪難得穿褲裝，而且是比起逛街更適合踏青的厚實布料。上衣也不再是襯衫，而是換成秋季的長袖毛衣。但就算這樣，她也完全沒有變得不起眼。上衣與褲子都是貼身剪裁，不用裸露就明顯展現出深雪的美不僅止於臉蛋。

水波大概也是配合深雪，身穿毛線衣加上及踝的長褲。不過她的衣物略微寬鬆，少女的可愛氣息更勝於女人味。

抵達九島家的時候才七點多，但光宣以毫無睡意與倦意的表情等待三人。看來他說身體狀況很好並非逞強。

「早安。各位吃過早餐了嗎？」

「光宣早安。」

「不要緊，我們吃過了。」

達也與水波依序回應。光宣臉上露出有點遺憾的表情，深雪見狀貼心詢問。

「光宣還沒吃嗎？難道是在等我們？」

「不，沒關係的。」

光宣連忙搖頭。

「我只是心想沒吃的話可以在我家吃。我也已經準備好出門了。」

「這樣啊。」

深雪以放心的表情微笑。

光宣害羞到臉紅了——但就僅止於此。他沒有看深雪的微笑看到入迷。

「那麼請往這裡，我們準備了車子。」

九島家準備的是加長型禮車。在這個家裡，坐這種車肯定才是正常情形吧。但達也也沒完全捨棄這是對方刻意挖苦的可能性。

駕駛是步入老年的男性，長得和真由美之前介紹的自家隨扈有點像。那個男的幾乎可以確定他是「失數家系」，這個駕駛也是嗎？這個問題掠過達也腦海。

達也原本以為藤林可能會自願當駕駛，不過看來她也沒這麼閒。而且她現在不是基於軍務需求而行動，指望她支援也不合道理。達也立刻改變內心的想法。

光宣說他已經做好準備，似乎不是謊言或誇大，他直接跟著達也等人坐進禮車。他坐在達也正對面，水波的旁邊。即使達也與光宣相對而坐，雙腿也不會因為狹窄而覺得不自在。不愧是空間寬敞的禮車。

不知道是不是在上車的時候摩擦到什麼地方，光宣身上的薄外套右袖口露出了手鐲造型的泛用型ＣＡＤ。手鐲型ＣＡＤ戴在慣用手相當罕見（昨天用餐時已經確認他是右撇子）。深雪對此感到疑問，光宣察覺到她的視線而害羞地靦腆微笑。

「這個嗎？」

光宣說著捲起右手袖子露出ＣＡＤ，然後再直接捲起左袖。

他雙手都戴著ＣＡＤ。

「九十九個實在是不夠用……我知道只要整理一下類似的啟動式就好，但遲遲找不到優秀的技師。」

泛用型ＣＡＤ可儲存九十九個啟動式，光宣的意思是這樣不足以網羅自己使用的魔法。

「以雙手操作ＣＡＤ很辛苦。不過，多虧ＦＬＴ開發了思考操作型輔助演算裝置，現在輕鬆多了。」

「光宣，原來你有在使用ＦＬＴ的完全思考操作型ＣＡＤ嗎？」

「是的。」

光宣說完拉起脖子上的鍊子，向深雪展露硬幣型的ＣＡＤ。

「這個輔助演算裝置真是個非常傑出的產品。開發這個產品的托拉斯．西爾弗，是貨真價實的天才。」

光宣以透露憧憬的語氣低語。為避免「西爾弗即達也」的祕密被發現，深雪以社交用的笑容隱藏哥哥被稱讚的喜悅，點頭說聲：「你說得對。」

「各位對傳統派知道多少？」

禮車一起步，光宣就立刻如此詢問三人。

禮車的後座和駕駛座以透明護壁隔開，交談必須使用麥克風。雖然現在麥克風的運作燈並沒有亮，但這輛車是九島家的車，實在沒辦法認為沒有人在竊聽他們說話。

「我與水波幾乎一無所知，相關知識就只有造訪這裡之前聽哥哥說的部分。」

至少深雪是那麼認為，所以她回答得很慎重。烈知道己方的底細，卻不代表九島家知道己方和四葉的關係。前任當家烈依然在九島家握有某種程度的實權，所以深雪直覺認為烈或許知道許多現任當家九島真言所不知道的事情。她覺得若是如此，讓光宣去探討水波知識的出處就不是件好事。

「我則是從九重八雲老師那裡，得到了某種程度的情報。像是他們加入前第九研卻得不到期望的成果，在研究所封閉之後懷恨在心，所以超越了流派的隔閡，不顧節操地組成這個古式魔法師集團。」

達也諷刺又惡毒的回答令光宣苦笑。沒有感到傻眼，也沒有蹙眉，就只是掛著笑容。或許光宣和善的外表底下，也存在著諷世或嚴肅的內在。

「大致符合真正情況。」

看他會像這樣斷言，或許他其實和達也同類。

「他們自稱傳統派，不過以繼承真正傳統的術士角度來看，應該稱為『異端派』。或者不矯飾地直接稱為『外法派』。」

這並非達也初次聽到的情報，但他沒附和，只是靜靜聆聽。

「正式研究現代魔法之前，古代魔法的繼承者一直躲在社會的暗處。這麼做的部分原因是避免異能者遭受迫害，更重要的是掌權人不希望魔法曝光。因為魔法不會留下物證，可以當作權力鬥爭的利器。」

「咒殺嗎？這是從古代王朝延續至今的傳統。這種論點普遍到如今甚至寫進史書，不過有證據說明這是事實嗎？」

「至少參加前第九研的古式魔法師有留下口述記錄。雖然不是如『咒殺』的字面所述，直接以魔法停止生命活動，卻能以幻覺讓對方自殺，或是以遙控物質的方式偽裝成持刀自殺。當時有留下實際示範這種法術的紀錄。」

「……真的殺了對方？」

水波以嚴肅語氣詢問。她也曾經在接受四葉訓練時害死對手，卻未曾從對方無法反擊的遠處殺害毫無抵抗的對手。深雪也對此反感，只不過並沒有寫在臉上。唯有達也面不改色地聆聽光宣這番話。

「只要紀錄沒造假。」

「水波，那並不是光宣下令的。這種事妳應該知道才對。」

達也並未批判前第九研，而是勸誡水波。

水波臉上出現像是在說「糟了」的慌張神情，立刻朝光宣低頭。

「光宣大人，非常抱歉。」

「不，我也太冒失了。這件事沒必要在這時候提及。」

他的語氣殘留嚴肅感，大概是因為即使沒有直接關係，依然對自家人涉及非人道行為抱持著罪惡感的緣故吧。但光宣具備堅強的內心，不會被這種感覺囚禁。

「回到正題。現代魔法成立之前，術士會接受掌權人的要求，負責骯髒工作，但不是所有人都這麼做。從事骯髒工作的術士反而是少數派。基於宗教修行所需而習得魔法的術士，也會和掌權人及其底下的術士保持距離。」

「但在江戶幕府成立前，著名寺廟或神社自行擁兵，在世俗攬權的例子也不少啊？」

達也這個問題並非真的詢問，而是用來推動話題的提問。

「是的。興福寺或延曆寺的僧兵是著名的例子。不過就如達也所說，江戶幕府成立之後，正統派的宗教組織就排除了暴力的這一面。從『狩刀令』的實施就能知道，強力的政治權力不容許宗教勢力具備武力，這方面的背景我當然無法否認，但在同一時間也不能忽略另一點，就是在成立穩定的政治體制之後，宗教勢力也無須擁有武力了。從現代角度來看，江戶幕府的統治存有各式各樣的問題，但那樣的統治確實讓當時的社會沒有發生大規模爭鬥。」

「然後失去『工作』，被排除的人們就躲進幕後了。」

「是的。這些人之中，不少人具備戰鬥用的『法力』。投靠政治權力成為其黨羽的術士，以及無法捨棄既得的武力躲進幕後的人，也就是現今所說的戰鬥魔法師。這些人就是昔日加入前第九研，現在自稱『傳統派』的成員們的根源。」

光宣說到這裡嘆了長長的一口氣。這不是疲勞的顯現，而是表露輕蔑的嘆息。

「同樣是參加前第九研的古式魔法師，土御門派遣的陰陽師或是各方忍術師，就沒有做出這種丟臉的事……兩者之間的差異究竟是什麼？」

「應該是差在是否接受過克制慾望的訓練吧。」

光宣如同自言自語的疑問立刻得到回答，使得他眨了眨雙眼。如果他的容貌平凡一些，應該可以形容為「慌張不堪」吧。

「……不好意思，我又離題了。看來我非常渴望和年齡相仿的人交談。」

「無妨。這並非無益的對談。」

「不敢當。那個，剛才說到哪裡了……啊，是關於傳統派的根源吧。」

光宣確認達也點頭之後，再度述說正題。

「他們具備這樣的背景，所以據點也設立在原本隸屬的正統派據點附近……不對，或許應該形容為『背面』比較好。」

「也就是著名寺廟或神社附近嗎？」

「是的，為正經的宗教人士們添麻煩了。」

達也與光宣相視而淺淺一笑。達也陽剛的笑容與光宣超越性別的美麗笑容在表面上毫無共通之處，醞釀出的氣氛卻不可思議地相似。

「各位會在奈良站搭車回去吧？」

「嗯，是的。」

至今都和達也面對面的光宣將目光移向深雪，深雪對此做出簡單回應。

「其實傳統派在奈良的最大據點，位於春日大社後方的不遠處。不過那裡在奈良車站附近。所以，我會先帶各位到葛城區，最後再去那裡。雖然奈良南部是個連傳統派也很安分的區域，不過……」

「也對。必須以防萬一，拜託了。」

「請交給我吧。」

光宣首先帶三人前往的是奈良盆地西南方的御所市，名為「葛城古道」的觀光步道。之所以跳過途中的斑鳩，單純是因為那裡沒有傳統派的據點。

葛城古道是可以悠閒觀光六七個小時的一條步道，但這次沒這麼多時間。光宣吩咐禮車到步道出口等待，然後向達也等人提議租用立式電動機車。

立式電動機車雖是自動控制，不過單人騎乘需要輕型機車駕照（這個名稱從上個世紀到現在都沒變），雙人騎乘需要一般機車駕照，不過很遺憾，深雪與水波都沒有輕型機車駕照。

不，對於深雪來說肯定不是「遺憾」，是「幸好」。達也有重型機車駕照，光宣也有考到一般機車駕照。這麼一來當然會是租雙人機車，並分成達也與深雪、光宣與水波兩組。

「光宣大人，不好意思。」

「別在意，我只負責握方向盤而已。」

水波惶恐無比，但光宣毫不在意。不過，如果是普通男高中生，這時候會有賺到的感覺。即使水波比不上深雪，主張她不屬於「美少女」的少年也肯定是少數派。即使是光宣這樣的超級美少年，肯定也很樂意和她同乘。

至於另一組……

雙人搭乘的立式電動機車，構造上是兩人並肩站好，駕駛負責握方向盤，乘客原本應該握著安裝在車身前方的安全桿。

不過深雪沒有抓著安全桿。

她摟著達也的腰。

達也他們的立式電動機車在光宣後方前進。雙人搭乘的立式電動機車比較寬，並排行駛會妨礙行人，加上光宣負責為達也等人帶路，所以這是理所當然的排列方式。但光宣與水波並非沒看見深雪緊抱達也的樣子。每次確認後方或是暫時停車，水波就以疲憊至極的表情嘆氣，反倒是第一次看到兄妹親密模樣的光宣面不改色。

只有一人被迫耗損精神的路上光景暫且不提。

如果只說結果，葛城古道的搜索以撲空收場。雖然這麼說，但光宣一開始就說可能性不高，所以沒人失望。反倒是趁著觀察據點（之所以不是「搜索」，是因為只從外部使用魔法偵測），短暫接觸九品寺、一言主神社、高天彥神社等傳統寺廟和神社的靈氣洗滌心靈。

而且，他們也和意外的人物重逢。

「是司波學弟嗎……？」

在高鴨神社境內打掃，看起來像是神社見習生的青年向達也搭話。這名身穿白褲裙的青年沒戴眼鏡，不過除去這一點就是達也熟悉的面孔。

「司學長，好久不見。」

他是在去年四月「Blanche事件」被洗腦魔法收為反魔法師團體手下的前第一高中學生，當時擔任劍道社主將的司甲。

「你記得我啊……唉，當時造成你的困擾了。也沒有好好向你道歉。關於這兩件事，我真的覺得很抱歉。」

甲說完深深低下頭，他的舉止較當時瀟脫許多。

「別這樣，司學長也是受害者……」

達也出言安慰，令甲大幅搖頭。

「即使是中了法術，也是因為我太弱了才讓敵方有機可乘。但你願意這麼說，讓我很感謝你的善良。」

接著他一副突然想到的語氣，補充一個不能忽視的事實。

「還有，我已經不姓『司』了。我媽離婚，我現在又變回鴨野甲了。」

「這樣啊。難道你待在這裡是因為……」

「我並不是很熟悉你這個人，但你真的很敏銳。我因為這對眼睛……」

甲說著指向自己的雙眼。

「至今毫不知情的『本家』收到通知，經過一番波折，我獲准在這裡修行。」

達也聽過內情就覺得這種事並不意外。高鴨神社是全國賀茂神社的總社——賀茂氏的氏族神社。八雲說過甲是賀茂氏的分支。即使是幾乎沒有血緣關係的旁系遠親，但甲是誕生在這一族的異能者，所以由宗家高鴨神社負責照顧。這在重視血緣的魔法師世界不是什麼好訝異的事。

「我打算在贖罪之前先在這裡修行，洗淨身上的汙穢。」

「這樣啊。鴨野學長，雖然我只能說些老掉牙的話，不過請您加油。」

「謝謝。改天再容我登門道歉吧。」

甲說完再度深深鞠躬，繼續打掃境內。

達也同樣直接離開境內，以免妨礙他。他們回到立式電動機車的停放處，此時至今不發一語的深雪開口了。

「哥哥，真是太好了。」

「是啊。」

老實說，達也完全不在意甲，直到剛才重逢之前，他都未曾想起這個人。不過人生因為魔法而扭曲的少年沒有和魔法斷絕往來，努力想回歸正途的樣子，對於覺得魔法是詛咒的達也來說是一帖清涼劑。

離開葛城古道之後，光宣帶著達也他們依序到橿原神宮、石舞台古墳與天香具山。正確來說是帶他們到這些地點附近的傳統派據點，但是搜索行動都撲了個空，最後成為單純的觀光。

然後時間進入下午三點，四人來到奈良公園。

「這種市區有魔法結社的據點？」

「不，堪稱傳統派根據地之一的大規模據點在御蓋山。」

「記得沒錯的話，御蓋山是神域……不對，山本身就是神體，除了少數觀光路線之外，是禁止進入的吧？」

「傳統派大概認為，正因為是凡人無法接近的神聖場所，所以適合成為他們的據點吧。不曉得是不是覺得傳承『正確』魔法的自己，才有資格在神的懷抱中享受恩惠。」

「但我覺得是因為最適合藏樹木的地方是森林……知道了，麻煩帶路吧。」

四人在分別通往東大寺與春日大社的叉路口走下禮車，在光宣帶領之下先走向春日山觀光步道。雖然直到二十一世紀前半，這裡還存在著可以開車上山的兜風道路，但現在只有人行道。這是因為魔法在科學層面發達的同時，人們再度對神聖的事物感到「敬畏」所致。不曉得是否存在的事物經過科學解析之後，人們再度對於可能存在的事物懷抱虔敬的心。現代人似乎深深自覺到了古希臘哲人所說「知之為不知」的道理。

四人行走的順序是光宣帶頭，接著是達也與深雪，然後水波再與他們間隔一步。不過大約在經過春日大社附屬的浮雲神社後，就變成達也與深雪走在前面。

沒什麼特別的原因。真要說的話，就是光宣在顧慮水波。

「哎呀，又是個好可愛的神社。」

「雖然不能說和規模無關，不過只要具備祭祀神明的必要形式，依然是一座出色的神社。因為神沒有確切的身高或體重。」

「哥哥真是的，這樣有點不尊敬吧？」

「是嗎？但我自認崇敬神祇的心毫無虛假。」

「呵呵，那我就當成是這麼回事吧。」

兄妹倆一邊走一邊快樂地交談，而且妹妹緊緊挽著哥哥的手，兩人的距離必然趨近於零。就後方的水波來看，這種行為更該遭天譴。

總之，旁觀者會覺得很難為情。雖然很不可思議地不覺得放蕩又丟臉，但水波光看就覺得臉蛋漲紅、身體發燙。即使如此，她也不能遠離兄妹倆。她低頭承受著這種苦行。

光宣正是顧慮到水波走得很難受，才移動到她身旁。

「這裡也是春日大社的附屬神社吧？」

不曉得這對兄妹是否知道水波現在的狀況（知道卻置之不理的可能性最大），兩人的愉快對話未曾中斷。

「嗯。愛宕神社祭祀的是防火息災的火產靈神，聖明神社祭祀的是日本首度生產的銅所具備神格而成的神。」

「春日大社祭祀的是武甕槌命、經津主命、天兒屋根命和比賣神對吧……話說回來，吉田同學家祭拜的好像也是這四位神祇？」

「不，我想妳說的是吉田神社，不過幹比古家和吉田神社無關，只是姓氏相同。不只如此，他家連神社都不是。」

「哎呀，是這樣嗎？」

「嗯。順帶一提，連宗教法人都不是。幹比古家是魔法的修行道場，也就是私塾。」

「……好丟臉，我至今一直都誤會了。哥哥你明明可以再早點告訴我的。」

深雪以撒嬌的聲音鬧彆扭。

深雪講這種話並怨恨地瞪著達也時，兩人的距離依然沒變。

水波低下頭不看著他們，拚命忍著想要摀住耳朵的慾望。

旁邊的光宣則以覺得溫馨的眼神看著達也與深雪。

水波的忍耐時間在走到觀光步道入口前面時結束了。

達也突然停下腳步，輕輕搖晃深雪挽住的左手。

深雪立刻放開哥哥的手。

察覺異狀的不只是達也。

光宣染上溫馨色彩的雙眼也隨即亮起犀利光芒，提高警戒環視四周。

今天是星期日，通往春日大社的叉路周邊，除了達也他們也還有許多遊客。

隨著他們接近觀光步道，人影逐漸減少。

在抵達觀光步道入口的現在，除了他們，已經沒有其他人了。

「這是精神干涉魔法——結界。」

達也低語。

「是敵人嗎？」

深雪犀利反問，謹慎注意周圍的動靜。水波也在光宣旁邊跟著警戒。

達也應該是在稍早之前就察覺了，光宣似乎也有隱約感覺到異狀。

不可思議的是，深雪與水波都沒有質疑人影為何不自然地減少。尤其深雪自己是最高水準的精神干涉系魔法師，對於精神攻擊具備高度抗性。

回答這個疑問的是光宣。

「看來有高階的結界術士在。對方似乎將魔法功率壓到最小，讓我們在非常接近對方之前都沒辦法察覺。」

現代魔法的主流是瞬間生效，缺乏「別讓對方察覺自己在使用魔法」的構想。頂多就是有開發可控制魔法發動時間的延遲發動術式，但隱藏魔法發動過程的技術僅止於個人所有。

若要應付威力強大的魔法，深雪可以用更強的事象干涉力讓魔法無效。不過這次是設置微弱的陷阱慢慢誤導注意力，所以她沒意識到要抵抗就完全中了法術。

「看來古式魔法在這方面的技巧似乎很豐富。」

「我們現代魔法師重視的能力，是熟練運用多采多姿的術式應付各種不同的狀況。不過古式魔法師和我們不同，精通特定魔法的術士容易得到較高的評價。」

「也就是和特定魔法併用的附屬技巧很發達是吧。」

光宣的知識也讓達也在各方面受益良多。尤其是和古式魔法相關的前第九研知識，切入點不同於八雲或幹比古提供的正統法術知識，令人感到新奇。達也很想和他多加討論，問出更多的知識，可惜現在沒那個餘力。

「不過，達也這麼早就察覺法術，對方應該也覺得失算了吧。」

光宣剛說完，隱藏在樹林中的氣息便悄悄晃動。

「看來對方對自己的隱形很有自信。」

包圍四人、隱藏至今的敵意變得明顯。

「他們原本可能打算在我們察覺之前下手吧。」

光宣刻意說出口，是在挑釁包圍的敵人。

不曉得對方是急性子，還是判斷繼續隱藏沒有意義。

「水波！」

「是！」

水波依照達也的命令構築護壁的同時，護壁表面迸出銀光。

被彈到防禦護壁外面的銀光，真面目是一根粗針，或者說是極細的箭。是以魔法發射的金屬飛鏢彈（箭形彈）。

深雪自己也做好隨時能施展防禦魔法的準備，並且尋找射手的位置。但她查出地點時，達也早已繞到樹林的另一邊。

慘叫聲接連響起。這是身體被達也的「部分分解」穿孔時的痛苦哀號。

這邊交給哥哥就好。如此心想的深雪，防範將從反方向過來的魔法。

想子的晃動——魔法發動的徵兆出現在深雪與水波的頭上。是深雪也曾目睹好幾次的，幹比古擅長的雷擊精靈魔法。但是徵兆卻在瞬間消失了。這是達也擅長的對抗魔法——分解情報體的「術式解散」。

「哥哥，這邊沒問題！」

深雪如同要證明自己這番話，展開了領域干涉。為了避免妨礙水波與光宣的魔法，她先是展開只籠罩在自己周圍的細長圓筒狀力場。力場柱向上延伸，在不會妨礙兩人的高度慢慢往側邊擴張，往下則是在地表下方水平擴展為圓形鞏固力場。短短不到一秒的時間，就形成了完全不允許來自上空或地底的魔法攻擊，呈現巨大雞尾酒杯形狀的領域干涉力場。

「好厲害……簡直像是聖杯。」

光宣感嘆……不對，感動地低語。但他也不只是在欣賞深雪的魔法。他離開深雪與水波，朝被達也打中而發出慘叫的襲擊者聲音傳來的反方向行走。

剛開始，水波想阻止光宣貿然單獨行動。如果是像達也那樣迅速移動到敵方側邊就算了，光宣卻是從正前方緩緩走過去，水波覺得這簡直是請對方以他為目標。

但是深雪阻止了水波。水波想要叫住光宣，但深雪抓住她的手臂，以不起眼的動作輕輕搖頭，告訴她沒這個必要。

水波立刻就知道了原因。

敵方似乎有兩種術士。一種是融入現代魔法武裝一體型ＣＡＤ的概念，以魔法發射箭形彈這種物理武器，不拘泥於傳統的古式魔法師；另一種是使用結界——引導意識的精神干涉系魔法，使喚獨立情報體以ＳＢ魔法攻擊，拘泥於傳統的古式魔法師。

達也迎擊的是第一種魔法師，光宣正走向第二種魔法師藏身的位置。敵方似乎也不知道光宣的意圖而感到困惑，但也立刻朝光宣集中發動猛烈攻勢。或許是察覺光宣擁有可恨的九島血統，對方甚至完全忘記深雪與水波的存在。

但是所有魔法都沒命中。產生風、火和聲音的魔法貫穿光宣，沒造成任何傷害就消失不見。直接造成內傷或外傷的魔法因為目標對象不存在而悉數出錯。

「那是……幻影？真令人難以置信……」

水波的細語絕不誇張。即使不到達也的程度，但魔法師可以像感受物理光線或聲音那樣感應想子。在水波眼中，光宣的身體和剛才並肩行走的現實軀體具備完全相同的想子波形。

換句話說，如果以魔法知覺來辨識，光宣本人確實在那裡。

「扮裝行列。那是吸收了忍術要素的九島家祕術。」

深雪解說時的聲音中，也蘊含著超越讚賞的戰慄。

「不過他還真厲害……那種精密程度，比莉娜還要強吧？」

「您說的莉娜，是USNA的STARS總隊長安吉．希利鄔斯嗎？」

「是的，就是安吉．希利鄔斯，真實姓名是安潔莉娜．庫都．希爾茲。我們都叫她莉娜。她的個性溫柔天真得不像軍人，魔法實力卻沒讓STARS總隊長之名蒙羞。不過光宣在技術層面勝過了她，至少以扮裝行列來說是如此。沒想到九島家居然珍藏著這種王牌。」

不曉得光宣聽到深雪的感想會怎麼想。會覺得「倍感光榮」而高興？會覺得「我還差得遠」而害羞？會覺得「別說我是珍藏王牌」而謙虛？還是會因為看到深雪有所提防而受到打擊？光宣是基於純粹的善意而自願擔任嚮導，完全沒有想和深雪他們敵對的意思。

幸好光宣沒聽到深雪這番話。他的注意力百分之百都用在癱瘓敵方。

光宣以右手展開啟動式，並且瞬間吸收。沒操作按鍵是因為他併用完全思考操作型CAD，知道這一點就沒什麼好驚訝的了。需要強調的是他讀取啟動式的速度。即使放寬標準來看，他的速度也足以匹敵第一高中前學生會長七草真由美——

但是現在驚訝還太早。

還來不及被啟動式的處理速度震撼，光宣就使出魔法。

和他有一步距離的前方地面開始發光。是釋放系魔法「電光」。這個魔法會從物質裡強行抽出電子引發放電現象，是釋放系魔法的基礎術式，不過一般是以極小範圍之空氣分子為對象。即使電解是屬於自然界中比較容易引發的現象，但因為是干涉、改寫物質構造的魔法，所以術士需要具備高度的事象干涉力。普通魔法師頂多只能在極為有限的目標範圍，將密度較低——固定體積內分子數較少的氣體電解。

光宣發動這個魔法的範圍，幾乎是視野所見的所有地表，放電範圍比第一高中前社團聯盟總長服部刑部擅長的複合魔法「迅襲雷蛇」還大。服部的「迅襲雷蛇」是利用摩擦產生的靜電來放電，要是湊齊其他條件，魔法難度其實低於「電光」，但光宣的魔法範圍依然比較廣。

（勝於服部學長，還足以匹敵七草學姊？）

深雪甚至忘記使用支援魔法，忘神地注視這幅光景。

癱瘓了包圍己方的半數（或許形容成「半圓部分」比較正確）魔法師的達也，同樣抱持著感嘆心情看著光宣的魔法。

他當然和深雪一樣，對於需要強大事象干涉力的「電光」能作用在這麼多目標上感到佩服。但他真正的注意焦點是在於這個廣範圍電光魔法只不過是逼敵人現身的前置工作。

普通水準的魔法師……不對，即使是一流的魔法師也會因為干涉力不足而發動失敗的魔法，光宣卻當成棄子使用。光宣具備的魔法力，很適合這種在某方面來說很奢侈的戰法。這一點很快就在達也目睹之下得到證實。

敵方魔法師使用防禦魔法，以免電流從腳邊竄到身上。即使是使用CAD的現代魔法，也來不及在認知到攻擊之後才發動魔法，因此對方應該是預先備好了條件發動型的術式。這大概是使用了即棄的人造精靈改變事象，抵銷「術士認知的魔法現象」的SB魔法。達也推測這是在古式魔法中稱為「追儺術」的魔法。

在這種時候，重點不是對方使用的魔法之真面目。

敵方的魔法自動發動，也就是使用了意圖之外的魔法，因此隱藏位置的法術「隱形」便在這一瞬間解除。如今就算不使用精靈之眼，也能清楚掌握敵方的藏身處。深雪與水波應該都知道敵方位置了，當然，安排這整個程序的光宣也知道。

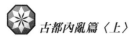

光宣以左手展開啟動式，將其吸收到手臂中。他操作完全思考操作型CAD的手法熟練到幾近完美。這是令開發者高興的事，不過想到這個新產品上市至今還不到兩個月，就不得不為他的天分感到恐懼。

光宣手指的前方出現電流。雖然沒發光或響起絕緣破壞的聲音，但是使用情報體認知能力的達也「看見」了某種現象發生。光宣的魔法干涉對方術士體內電流，打造出等同於從體外注入電流的狀態。

達也聽到人類倒地的細微聲。這是被光宣攻擊的魔法師因觸電而失去身體自由的結果。魔法師以潛意識展開情報強化防壁，保護身體不受他人魔法攻擊，即使是古式魔法師也不例外。光宣輕易突破這層防壁，讓魔法直接作用於敵人身上。

即使是一条將輝，除了使用擅長的「爆裂」，也很難以其他魔法瞬間突破情報強化防壁。雖然達也並未親自目擊當時的場面，不過他從橫濱事變的詳細戰鬥報告書中得知了這件事。

光宣大概是擅長干涉電流——也就是擅長干涉電子運動與分布的釋放系魔法吧。如果考慮到這是他的拿手魔法，就沒辦法斷定他的事象干涉力超越將輝。但是反過來說，就是光宣不僅能夠熟練地使用「扮裝行列」這個融合了古式魔法與現代魔法的術式，使用現代魔法的實力也匹敵一条將輝。

光宣的「幻影」所指的方向，接連有人倒地。

敵方的攻擊捕捉不到光宣的真身。

敵方可能終於察覺彼此實力相差到堪稱級數不同了，一名魔法師從藏身的暗處現身。

他手持符咒，所以應該不是要投降。既然都刻意現身了，也應該不是要逃亡。這個架式看起來是打算放手一搏……不對，是要進行自暴自棄的攻擊。

光宣的目光當然投向這名男性。

要說他粗心大意就太過分了。他因為經常生病，所以即使具備超一流的天分，也缺乏了實戰的機會。

光宣的魔法打倒手持符咒的術士。

幾乎在同一時間，光宣……應該說深雪側邊的草叢竄出一個小小的影子。

不是魔法師，是體型比人類小得多，敏捷程度遠勝於人類的四腳獸。

「管狐！」

不曉得光宣出聲是在提醒深雪注意，還是表現驚愕的反射動作。如果是警告就太遲了。這隻小動物明顯懷有惡意，即將撲向深雪。

深雪目不轉睛地看著即將襲擊自己的猛獸。

「深雪大人！」

水波在這一瞬間有所動作。

她感應到自己架設的反物質護盾不是被某種東西打破而是被鑽過，反射性地採取行動。

她壓在深雪身上，以自己作為主人的護盾。

雖然這麼說，但深雪比水波高。要是水波想保護深雪，就會變成她撲過去推倒深雪。

深雪完全沒預料到水波會採取這種行動，便在對這種狀況束手無策的狀態下往後倒。

「深雪！」

就算是達也，也難免緊張地大喊，但他立刻恢復鎮靜。

壓著深雪連忙回頭察看的水波，因為看見出乎意料的光景而僵住。

一隻軀體細長的小動物——不是比喻，是真的凍結倒在她視線前方。

「好痛……水波，快點離開吧。」

下方傳來的聲音，使得水波連忙起身。深雪的語氣並沒有一絲憤怒，但水波的內心卻即將陷入恐慌。

「深雪，了不起。很漂亮的反應。」

達也走過來朝深雪伸出手。

深雪開心地握住哥哥的手，以讓旁人幾乎感覺不到她體重的動作起身。

「我是哥哥的妹妹，這種程度是當然的。」

達也與深雪似乎都沒注意到緊張得快昏倒的水波。

光宣在這段時間內，剝奪了剩餘所有敵人的戰鬥力。

達也暫時離開深雪與水波，對自己打倒的魔法師搜身。但即使調查對方身上的物品，也找不到和底細相關的線索。不過達也原本就不抱期待，所以不覺得失望，就這麼面不改色地回到深雪等人身邊。

水波與深雪從剛才開始就反覆進行著「對不起對不起……」「沒關係，不用在意。」「對不起對不起對不起……」「真的沒關係啦，不用在意了。」這樣的對話。判斷水波還需要一段時間才能恢復鎮靜的達也，看向走過來的光宣。達也想出言慰勞，但光宣搶先搭話。

「達也好厲害呢，居然能在那麼短的時間內解決敵人。」

這使得達也也花了一番工夫克制苦笑。

「不，光宣你才厲害吧？因為我的攻擊就某種意義來說是偷襲，但你卻是正面壓制了藏身的對手。」

「真要說的話，我的攻擊是暗算喔。你知道『扮裝行列』吧？」

「嗯。但我比較在意你為何曉得我知道『扮裝行列』這個魔法。」

「這是祕密。」

光宣很乾脆地如此回答，露出毫無邪惡氣息的純真笑容。雖然早已明白，但達也覺得這個人雖然擁有天使般的臉孔，個性卻非常「不錯」。

達也思考著這種旁人聽來會批判「你沒資格這麼說」的事，在陷入互褒與謙虛的無限迴圈之前改變話題。

「對了，從這裡到傳統派的據點要多久？剛才的戰鬥沒花太久，不過既然在這裡埋伏，就代表對方知道我們正要前往他們的基地。即使現在趕過去，我也不認為那裡會殘留線索。」

「是啊。而且也不能將他們扔在這裡。」

「哥哥，是不是差不多該去別的地方了？雖然還不用趕著搭電車，但是在這裡待太久會引人注目。」

深雪應該不是看到達也與光宣和睦交談而嫉妒，不過她提醒達也注意這件事。

「也對，今天先到此為止吧。」

「啊，那這裡由我顧著吧……那個，或許是多管閒事，各位大約幾點搭車回去？」

「晚上七點半，所以還有三小時。」

達也他們原本就打算多花點時間搜索，所以回程車票也訂比較晚的班次——此外，車票制度雖然改變了形態，但現在依然保留著。

「既然這樣，要不要泡個溫泉？」

「溫泉……？」

在一旁聽著光宣與達也交談的深雪疑惑地蹙起眉頭。她身旁的水波暗中（自以為暗中，其實旁人都看在眼裡）拉開衣領確認自己的體味。

這個動作的意義很明顯。光宣以為自己踩到了女人心的地雷而感到慌張。

「不……不是啦，我不是說兩位髒了或是有汗臭味……」

深雪如冰月般的目光刺向光宣。

光宣全身僵硬。剛才威風戰鬥的模樣就像是假的一樣。

看來自己非得火中取栗了。領悟到這一點的達也在心中嘆氣。

「光宣，你這樣是自掘墳墓。」

達也先是好好給光宣一個痛快，以免他毫無自覺地繼續擴大被害程度。

「深雪與水波也快冷靜下來，光宣只是提議要不要泡泡溫泉來消除戰鬥的疲勞。」

達也將語塞的光宣拋在一旁，以強勢語氣向妹妹等人說明。

「我覺得這個提議不錯，怎麼樣？」

「……既然哥哥都這麼說了。」

深雪的表情看起來並非完全接受這個提議，不過可能同時也被溫泉給吸引了吧。她帶著透露出期待光輝的眼神點頭回應。

旁邊的水波害羞地以右手按住毛衣領口。

光宣帶他們前往的溫泉，是位在平城京遺址不遠處的老牌旅館。之所以不是「介紹」而是「帶路」，是因為達也硬是拉著主張「應該有個當事人留在遇襲現場」此一正確觀念的光宣陪同——光宣意外地不擅長拒絕。

如果光宣沒有一起來，達也大概會被深雪拖進家族浴池吧。雖然達也並不討厭那樣，但他實在不忍心讓水波在這種地方孤單一人。

而且，達也也想問光宣一些事。

所以兩個大男生就像這樣，來到以天然溫泉為賣點的旅館卻沒泡溫泉，而是窩在客房隔著矮桌相對而坐。

「——所以，達也想問的是關於『管狐』的情報吧？」

「真令人驚訝。你的洞察力真是出色。」

達也頗為由衷稱讚，但光宣似乎當成客套話。

「沒有啦，因為我也不記得有講過其他讓你感興趣的事。」

達也就是在稱讚他思緒周到的這一面，不過這也不是需要特地再說一次的事。他決定直接進入正題。

「所以，『管狐』是怎樣的東西？雖然具備完整實體，但我沒看過也沒聽過那種狐型生物，而且如果只是普通的動物，不可能鑽得過水波的反物質護壁。」

光宣眼中浮現迷惘，不過那只是一瞬間的事。

「達也知道寄生物吧？」

「嗯。你也知道？」

「是的。簡單來說，管狐是以相同原理製造的使魔。」

「相同原理……？將獨立情報體植入動物體內？」

「是的。在殺害動物的瞬間抽取情報體製作成人造精靈，再植入同種族的幼體，打造出具備魔法能力的動物……也就是『使魔』。這種技術在古式魔法界似乎意外地普遍。」

「那個『管狐』也是以那種方式製造的一種使魔？」

「是的。不過，你真正想問的不是這種事吧？」

光宣散發著常人不應有的妖氣。雖然這麼形容，但他體內並沒有寄生物。光宣預料達也將會質詢寄生物的培養方法，做好接受質詢的準備，以為達也誤會這種技術是藉由犧牲人類來繁殖寄生物。這份緊張使得他過於端正的容貌更加超凡。

但是達也沒那個意思。而且他早已看慣超凡的美貌，所以也不會特別感到壓力。

「不，目前這樣就夠了。」

達也的回答完全出乎了光宣的意料，使得他臉上的詭異氣息消失。光宣以純真的聲音「噗」地一笑。

「……不……不好意思。」

雖然光宣自己是想克制，但侵襲光宣的笑意卻是遲遲無法平息。這大概就是所謂的「戳中笑穴」吧。

「該怎麼說，達也真是『深不可測』呢。我似乎明白爺爺為何會注意你了。」

「不，我是平凡人。」

以人類標準來說很平凡——達也在心中如此低語，光宣則像是提出異議般繼續失笑。

深雪與水波被帶進客房之後，立刻前往溫泉——也就是大浴場。達也並沒有刻意指示深雪迴避，因為管狐的話題沒必要隱瞞。只是深雪貼心過度罷了。

不過以結果來說，這是正確的做法。溫泉舒服得超乎預料，這麼一來就可以好好享受泡澡樂趣了。

大浴場頗為熱鬧。以這個時代的慣例，人們不會在他人面前赤身裸體。淋浴區是隔間，進浴池要穿泡澡服。這裡不愧是老牌旅館，泡澡服也相當保守，也就是裸露程度偏低，但深雪依然引人注目。

由於不是男女混浴，所以當然只有同性。而且幾乎都是長輩，也有中年以上的婦女。但是深雪一出現在浴池旁邊，泡澡客人的視線就一齊集中過去。整個空間就寂靜到如同浴室的時間停止了一般。

雪白的腿輕輕深入熱水。不知道從何處傳來的嘆息聲，使得靜止的時間再度運轉。

深雪緩緩泡入浴池，緊貼身體的泡澡服輕盈飄動。覺得有如仙女羽衣的人絕非少數。

深雪像是很舒服似地吐出一口嬌媚的氣息。倒抽一口氣的聲音代替嘆息聲響起。

浴池水面出現明顯的波浪，這是推測二十多歲的雙人組匆忙起身所致。她們就這樣直接離開了浴室。雖然不是被這兩名女性引導，不過其他人也接連離開。回過神來，就發現大浴場變成由深雪與水波包場。

「大家究竟怎麼了……？」

深雪輕聲自言自語，旁邊的水波暗自嘆息。

水波很清楚她們的心情。老實說，水波也不想和深雪一起入浴。最冒失的在於她到浴池旁邊和深雪會合才察覺這一點。若只是身為女性的自卑感被刺激就算了，連身為女性的特質都受到打擊，當然會想要逃走。

這已經是妨礙營業了吧……水波甚至抱持著這種不對題的擔憂。

「唉，算了。反正這樣比較可以慢慢泡。」

雖然非常遺憾，但水波也同意深雪的意見。深雪受到注目，一旁的水波也必然會進入眾人的視線範圍內。水波和深雪不同，不習慣他人的目光。她無疑也是個美少女，但她的美貌沒有暴力到不只異性，甚至搶走同性的視線。其實浴場剩下兩人，水波比深雪更是鬆了一口氣吧。

「啊啊，好舒服……」

旁邊的深雪呼出一口氣。

水波的身體一顫。不是受驚，是發毛。

「哎呀？水波，怎麼了？會冷？……水不夠熱嗎？」

不冷，反而該說是完全相反。她熱得渾身發燙。

「妳還是泡得深一點會比較好喔。其實這樣對身體不太好，不過先泡暖身體吧。」

這是誤會。其實水波想立刻出浴，卻不知為何無法違抗深雪放在她肩上的手。深雪明明只是輕輕一壓，水波的身體卻就這樣沉入浴池。

水波乖乖地連肩膀都泡進水裡，深雪見狀滿意地嫣然一笑。水波的意識突然恍惚。會這樣絕對不是因為泡到頭昏或疲累。

深雪的身心完全恢復，水波不知為何以疲憊至極的表情走出溫泉。對此感到納悶的達也帶著兩人離開旅館。其實這裡也有包含晚餐的方案，但是這樣時間會有點趕。

三人在車站前面走下禮車，光宣對他們投以依依不捨的目光。

「……那麼我就此告辭了。今天過得很愉快。」

光宣這番話絕對不是客套話。

「不，我們才要感謝你幫了大忙。」

達也代表三人回應。

光宣這次朝達也投以幼犬般的目光——如果是花樣年華的女性，看到這張表情大概八成會失

去理智。

「以後還能見面嗎？」

「『事情』還沒辦完，這陣子會再來這裡一趟。到時候應該還會再受你照顧。」

「請務必那麼做！請儘管吩咐。只要是我能幫得上忙的事，我都會協助你們。」

「謝謝。那麼，再見了。」

「好的！到時候見！」

達也他們以重逢的約定代替離別的話語，和光宣道別。

◇◇◇

回到東京的三人，在外面用過晚餐才回家。達也回到臥室後，立刻發現要求回電的訊息。訊息不是顯示在家用終端機，而是私人終端機。

留言的是藤林。

最近和她接觸的機會真多——達也如此心想，同時撥打藤林的私人號碼。

『啊，達也？歡迎回家。』

聽電話另一頭說「歡迎回家」，感覺實在是有點奇怪。即使今天是影音通話，看得見對方的臉也一樣。

「抱歉這麼晚回電。藤林小姐還在九島家嗎？」

何況對方還位於自己剛才造訪的地方。

『嗯，真虧你知道呢。』

「只是直覺。」

『哎呀，是嗎？我還以為是你入侵系統查出我的所在位置。』

「很遺憾，我的技術沒有藤林小姐好。不提這個，您聯絡我是為了今天那件事嗎？」

不知道是不是覺得達也只說「那件事」的謹慎心態很好笑，藤林無聲地笑了出來。

『對，就是「那件事」。』

藤林意有所指地使用相同的詞。

『是關於今天傍晚襲擊你們的那些人。』

接著她很乾脆地說出達也含糊帶過的話語。

達也沒有對此表達不滿。因為既然藤林不在乎竊聽，就代表通話線路保證安全。

「查出真實身分了嗎？」

『嗯，但我覺得顯而易見就是了。』

「傳統派的古式魔法師。」

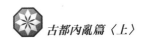

『我想你會知道也是當然的。』

藤林以覺得很無趣的語氣，承認達也的回答正確。

「不過，情報不只這個吧？」

達也抱持確信詢問藤林。如果情報只有這些，她不會特地打電話過來。

『沒錯。襲擊你們的確實是傳統派的實戰部隊，但其中包含大陸的逃亡道士。』

此時藤林不知為何厭惡地蹙眉。

『九島家為了開發寄生人偶而納入保護的道士也在其中。我知道他們後來投靠傳統派，不過還真沒想到居然會出現在這種地方。』

「不是正如預料嗎？」

『話是這麼說沒錯……』

藤林以有苦難言的表情，點頭回應達也的指摘。

『延攬很可能成為敵人的魔法師加入陣營，結果他們正如自己所擔憂的在暗中破壞，還讓他們就這樣逃之夭夭……最後還容許他們襲擊平民，而且是未成年的平民……這真的會讓我搞不懂九島家到底在做什麼。』

「不提未成年這部分，但是不能斷言是平民。畢竟光宣也遇到了襲擊，而且至少我不打算責備九島家。」

『也對……事到如今講這個也沒用。』

藤林微微搖頭，藉此換個心情，然後以手指梳理凌亂的頭髮。

『我請你回電，是因為我必須為另一件事道歉。』

「對我道歉？」

『是的。其實應該由我打電話，但我不曉得什麼時候才能聯絡上你。』

「我不在意這種事。有發生過什麼必須對我道歉的事嗎？」

達也不是在裝傻，他是真的毫無頭緒。藤林掛著非常尷尬的表情，應該是頗為嚴重的事，但達也完全猜不到。

『其實今天的襲擊事件……納入情報部的管轄了。』

藤林突然改為軍人的鄭重語氣。

「這樣啊。所以『少尉』，這件事和在下有什麼關係？」

藤林收起表情——努力擺出撲克臉，回答達也。

『換句話說，一〇一旅無法介入這個事件。不用說，獨立魔裝大隊也無法出手。』

不過很遺憾，她沒能讓聲音也變成「撲克臉」。

『達也，對不起。』

藤林由衷感到愧疚地向達也道歉。

『我們從之前就老是利用你，卻沒辦法在最重要的時候幫你的忙。』

不過達也不太能理解她究竟是在意什麼事。

「但在下覺得少尉無須在意。何況真要說利用，在下也有在各方面得到妳的協助。」

『不過，這次的狀況和以往不同。你個人完全被鎖定了。』

「這不是少尉或少校造成的。如果那就是理由，在下反倒不能為部隊添麻煩。」

藤林臉上浮現擔憂的神情。她覺得達也似乎不把自己的生命安全當作一回事。

『達也……』

她的語氣從「藤林少尉」恢復為藤林自己的語氣。

『不能請八雲老師幫忙嗎？』

達也以疑惑表情看向畫面裡的藤林。

「我已經請師父協助了。我請他暗中監視學校朋友身邊的狀況。」

『我不是這個意思。』

藤林看起來不只是著急，甚至有點煩躁。

『要不要拜託老師，保護你自己周邊的安全呢？如果你不願意接受保護的話，至少為深雪與水波……』

事實上，講不聽的達也確實令藤林有點不耐煩。

「藤林『少尉』可能忘了，深雪已經有護衛陪同。我與水波就是負責保護深雪的人。」

藤林反射性地想說些什麼，但達也透過鏡頭以目光制止。

「而且在下不想讓師父繼續深入這個事件。」

『為什麼？』

藤林以稍微恢復鎮靜的聲音詢問。

「九島家與傳統派，和師父的恩怨都太深了。要是師父繼續深入，一個不小心很可能導致和師父同門的忍術師出動。比叡山也可能採取行動。這麼一來就等同於內戰，或許連師族會議也無法收拾局面。」

藤林大概沒考量到這個可能性。她不曉得該如何反駁，此時達也進一步叮嚀一件事。

「要是變成那樣，只會眼睜睜讓周公瑾背後的人物有機可乘。」

『……你的意思是有幕後黑手？』

「那樣比較自然吧。」

達也的指摘引得藤林在畫面另一邊思索。

『也對。組織龍頭進入事件當地，不是因為計畫進入最終階段，就是因為當地任務陷入即將報銷的絕境……你認為周公瑾自己並非幕後黑手吧？』

「如果他是幕後黑手，事情就很簡單。只要找出他的下落之後除掉就好。簡單來說，就是可能性的問題。在下覺得想降低己身風險卻增加整體風險是愚蠢的做法。」

『但我覺得正常人理所當然會以自己的安全為優先……』

「藤林少尉。」

達也責備般的語氣，使得藤林看向下方。

『……我知道了。不過，當你真的覺得危險的時候，麻煩務必聯絡我。因為軍令也允許為了確保隊員的生命而行動。』

「收到了。」

達也站起身子，敬禮回應。這不是挖苦，是要讓藤林放心，讓她知道自己必要時會以隊員身分行動。

〔4〕

達也等人從奈良返家的隔天晚上，出動尋找周公瑾的並非司波家、九島家、黑羽家、第一高中或是九重寺。

接近東京都心的高級住宅區。如同融入豪華街景般建立，和周圍同樣豪華的西式宅邸。屋主七草弘一叫長女的隨扈暨現在的心腹——名倉三郎來到他的書房。

「你記得司波達也這個少年嗎？」

主人簡單問候過後就如此詢問。

「是真由美大小姐在高中時代時交情不錯的學弟吧。」

名倉回以最無關痛癢的答案。他當然和主人一樣記得除此之外的情報，卻沒有說出口。

弘一瞪向名倉。剛才的回答不合他的意，但弘一沒出言責備。

「真由美的這個學弟，和黑羽的雙胞胎碰頭了。」

「是在今年九校戰一炮而紅的那兩人嗎？四葉家似乎想讓那對姊弟受到注目，以免魔法界人士注意到某些事。」

「『某些事』是吧……」

弘一的語氣暗示「我當然知道他們想隱瞞什麼」，卻沒有具體說明。

「黑羽家的這對姊弟在兩週前造訪司波達也家，然後司波達也在前天與昨天訪問九島家。看來是和老師進行了面談。」

「居然和九島烈大人當面交談，看來這件事非比尋常。」

弘一再度瞪向名倉。

「名倉，別裝傻。」

這次並非只以視線了事。

「四葉透過黑羽的孩子們和老師聯繫了。四葉之所以會特地請九島協助的原因，肯定是之前的那件事。」

弘一知道黑羽部隊在橫濱中華街逮捕周公瑾時失手了。

向弘一報告這件事的是名倉。

其實和九島家聯繫的不是黑羽雙胞胎，而是司波達也。但名倉並未指出這件事。雖然弘一並未清楚告知，但名倉知道主人如何推測四葉與司波達也的關係。

「既然四葉得到九島的協助，那麼即使是那個男的，也不可能逃得了。」

弘一說的「那個男的」是指周公瑾。他認為九島家與四葉家聯手尋找周公瑾，但這時候的名倉認為他想太多了。名倉已經得到足夠的情報證明自己的想法，卻沒有告訴弘一。

「那個男的被四葉除掉就算了。但要是被四葉活逮，很可能對我們家不利。」

名倉默默行禮，同意主人的說法。

「不能被四葉知道七草與周公瑾的關係。」

名倉在這方面的想法和弘一有所不同。他確信四葉已經察覺，七草家有在私底下給周公瑾一個方便。

大概還沒掌握證據吧。不過四葉及其旗下的黑羽，和名倉他們一樣不需要證據。四葉和他們同樣是社會黑暗面的居民。而弘一則是喜歡在黑暗面玩火，但終究是光明面的居民，因此思考邏輯不同。名倉雖然這麼認為，但因為彼此居住的世界不同，所以覺得即使開口說明，弘一應該也不會認同。

這就是名倉沉默的理由。

「查出周公瑾的藏身處了吧？」

「非常抱歉，屬下也不曉得他的藏身處。」

弘一臉上閃過怒氣。

主人即將動怒時，名倉將中斷的話語說完。

「但屬下已經取得聯絡方式。應該也可以叫他出來。」

弘一緊咬牙關。他覺得自己被名倉愚弄了。但他立刻轉換心情，恢復平靜。先不提天生的個性，他可不是白白嚐遍辛酸至今。

「那就叫周公瑾出來，並且確實除掉他。」

「遵命。」

名倉點頭回應這句殺人命令，這個動作中沒有任何躊躇。他原本就擅長這方面的工作，而且在受僱於七草之前，他從事的工作就和殺手沒有兩樣。

「需要支援的話，想帶多少人都隨便你。不用在意宅邸的警備。」

「不，屬下一個人就夠了。」

名倉平淡回應的話語，可以解釋為自信或自負。弘一聽完微微蹙眉。

「周公瑾是足以突破黑羽包圍網的高手。記得向我報告這個情報的人是你吧？」

弘一的這個指摘也沒撼動名倉的表情。

「正因如此，才必須由屬下一個人出馬。恕屬下失禮，以我們家部下們的實力應該只會白白送死，反倒會礙手礙腳。」

這番話聽來刺耳，但弘一沒露出憤怒表情。

「好吧，隨你的想法去做無妨。」

「不敢當。」

弘一這句命令聽起來自暴自棄，名倉恭敬地低頭回應。

「對了，要一如往常繼續保護真由美啊。」

「屬下明白。」

名倉低著頭回應之後，沒有和弘一目光相對就離開了書房。

◇　◇　◇

這次造訪奈良搜索周公瑾並未得到具體成果，不過卻成功和即使表明退休，但依然擁有強大影響力的日本魔法界長老面談，並取得他的協助。

雖然被許多魔法師埋伏襲擊，卻反過來制服並逮捕對方。即使被情報部坐收漁翁之利，但要「偷偷」利用情報部從這些囚犯取得的線索並非難事。

達也就像這樣度過一個緊湊的週末，不過假期過後來到學校，又有另一種忙碌等待著他。今天五十里終於前來求助，他被找去講堂製作以投影機重現術式輔助刻印效果的實驗裝置。

「——換句話說，問題在於刻印可以容錯到什麼程度。我可以這樣解釋吧？」

「是的。形狀扭曲到什麼程度為止，都還能得到輔助術式的效果——這是本次論文的本質主題之一。」

「方便讓我看一下至今的實驗資料嗎？」

「嗯，在這裡。」

達也與五十里就像這樣交談，深雪驕傲地、穗香則是陶醉地注視這幅光景。

「穗香、深雪，我回去巡邏喔。」

雫從旁邊搭話，穗香驟然回神。

「啊，嗯。加油喔。」

「雫，辛苦了。」

「嗯。穗香、深雪，晚點見。」

「我們也回去吧。」深雪對目送雫背影的穗香這麼說。

兩人抓準不會妨礙討論的時間點知會達也，回到學生會室。而深雪則是在途中詢問穗香有無異狀。

「目前沒有被怪人跟蹤或監視的感覺吧？」

「嗯，沒事。伯父也很擔心，還特地請保全公司派人保護我。」

「魔法師的保全公司？」

「嗯……其實是森崎同學家的公司。」

深雪聽完會露出五味雜陳的表情，可說是在所難免。森崎家經營的保全公司，在一般社會與魔法師社會都得到很高的評價。深雪知道這一點，卻遲遲無法改變第一印象。

「不……不過，這是伯父安排的，我想應該沒問題。」

「……也對。既然是雫的父親挑選的公司，肯定不會選錯。」

兩人之間隱約洋溢著尷尬氣氛。消除這股氣氛的，是穗香不安的詢問。

「深雪……我要在雫家住多久？」

深雪眨了眨眼睛，如同這個問題出乎意料。

「雫家裡說了什麼嗎？」

「什麼都沒說啦！伯父伯母以及在雫家裡工作的人們都對我很好，好到讓我覺得他們那樣對我太不值得了！」

穗香反射性地大喊，然後露出像是在說「啊……」的表情。

「對不起，我不是那個意思。」

「不……不對，深雪！我才要道歉！是我講得太容易誤會了對吧！」

穗香的魄力使得深雪不敢繼續說「是我的錯」。

「呃……我不是那個意思，我只是不曉得，這種得帶著隨扈提高警覺的日子，究竟還要過多久……」

穗香會擔心也是理所當然的。雖說她是研究所打造的魔法師家系後代，卻從沒學過如何置身深雪這時候也沒有以自己為基準而誤會。

「我想，最晚應該到論文競賽結束吧。」

穗香大概是沒預料到深雪會回以明確的答覆，露出像在說「咦？」的表情看向深雪。

「放心，不會發生可怕的事。」

深雪露出像是要讓孩童安心時的溫柔笑容，回應穗香的視線。

穗香滿臉通紅地低下頭。

眾人直到上週六才知道，美月與幹比古家意外的近。

美月家和厚木市的市中心只有一個車站的距離。

幹比古家在伊勢原市，丹澤山系的山麓。

地理距離不算近，但是電動車廂的幹線剛好從厚木通往伊勢原，因此從距離美月家最近的車站到距離幹比古家最近的車站只要約五分鐘。

「那個，吉田同學，真的送到這裡就好了。」

「不，那樣就沒意義了。」

為了準備論文競賽，走出學校時已經是校門即將關閉的時間。這次五十里挑選的主題，電腦繪圖的工作比組裝裝置的工作多，美月加入的美術社因此全力運作。她自己擅長傳統的水彩畫，不過現代畫家必備的電腦繪圖功力也很好。

因此，她的離校時間也是最晚的一群。但也多虧這樣，幹比古的風紀委員長頭銜不會妨礙他送美月回家。

進入十月已經將近十天，早就度過秋分的秋天太陽很早下山。性急的星斗開始在天空閃耀。即使是人潮眾多的市區、即使可以搭通勤車從車站前直達家門口，但只在車站說聲「明天見」不算是送女生回家。這點幹比古說的沒錯。

美月也不抗拒幹比古送她到家門口，只是她不知道在通勤車上兩人獨處時要說什麼。兩人都不算健談，還在搭電動車廂的時候就會用光話題。這是在週六與週一就得知的事。

沒有交談，小小的車內只有兩個人獨處。對於美月容量很小的羞恥心來說，這是相當沉重的負擔……不，是考驗。

在車站前面排隊等通勤車時也閒得發慌，但不是密閉空間，所以即使沉默也不以為苦。

「話說，柴田同學是專攻水彩畫吧？」

「啊，是的。」

好不容易想到話題，居然沒有等到上車再講，幹比古真是不貼心的男生……美月當然不可能這麼想。

「是的，我喜歡水彩柔和的顯色……現在用電腦繪圖比較可以自由設定色彩，但我還是屬於想拿畫筆畫圖的這一派。」

被詢問就會努力回答，這就是美月的個性。

「但妳還是很擅長電腦繪圖，好厲害呢。」

「別這麼說，我連水彩都還有待加強……」

謙虛而害羞的美月臉蛋變得非常紅，默默暗示「不要這樣誇我」。不過很遺憾，幹比古的經驗值不足以察覺這一點。

「不過社長很誇獎妳喔，說柴田學妹在圖形知覺方面很有天分。對了，柴田同學魔法幾何學的成績也很好吧？」

「是……是的，我每次考試都靠這一科拉分數。」

美月露出半開玩笑的笑容。

「啊哈哈，我也一樣。多虧魔法史學與魔法語言學，我才勉強留在前段班。魔法工學我實在不擅長。」

「畢竟吉田同學拿手的是符咒……咦，對了，記得你沒有修魔法幾何學吧？為什麼？」

「這是因為，魔法藥學比較能輔助我的法術。不過其實我也打算過一陣子來好好鑽研魔法幾何學。」

「所以才會經常去找廿樂老師啊。」

「不，那是老師找我過去……」

即使以為沒話題可聊，不過只要有個起頭，兩人就會像這樣聊開。

不過，即使和美月的對話再開心，幹比古也沒有疏於警戒周圍。

幹比古現在也確實掌握到有式神在觀察他們。為了不讓美月發現，他用心避免話題中斷，同時使用探查的法術。

法術不是在空間層面，而是在概念層面擴張範圍。連向美月的所有視線之中，幹比古將具備魔法波動的視線投射到自己的意識。投向美月的並非盡是隱含惡意或殺意的意識，善意或好色的意識反而比較多。雖然在深雪或艾莉卡身旁就不太起眼，但美月即使給人平凡的印象，卻也是肯定高於平均值的可愛少女，而且她的體型在升上二年級之後更加成熟，因此有著引人注目的身體特徵。

這種雜訊大多以「具備魔法波動」這個條件過濾排除，但還是有一部分會穿過這層濾鏡傳入幹比古的意識，使他在各種意義上感到煩躁。即使如此辛苦，他依然徹底清查盯上自己與美月的魔法師或是魔法個體。

藤林曾經形容幹比古是「蛻變的神童」。他認識達也之前經歷一年的挫折。認識達也之後被捲入驚濤駭浪的日子，在這樣的生活中重新審視自己一年。這兩年的成長密度，足以匹敵普通修行者的十年，甚至二十年。尤其認識達也之後的這一年，讓他身為魔法師的造詣突飛猛進。

聊著聊著，輪到兩人搭車了。在眼前自動打開車門的通勤車等待兩人上車。幹比古先讓美月上車，接著轉身環視四周，使用「遣回」的咒法——將式神打回使喚者身邊的古式魔法。

◇　◇　◇

所謂有表就有裡。不過，這次的表裡不是抽象的意思，也不是比喻，而是指建築物的正門玄關與後門。

雖然將大樓的入口形容成「玄關」不太合適，總之在現在這個時代，林立於商店街的大樓在給客人用的漂亮門面另一頭，也就是各棟大樓背面，其縫隙所形成的暗巷依然存在。各大樓產生的垃圾經由地底專用管道自動收拾，而且以區塊為單位購買的自動清掃機在路上往來，所以暗巷不髒也沒惡臭。但還是免不了缺乏路燈的照明。

「可惡，那個臭小鬼！」

在陰暗盤踞的這條路上，看起來約四十歲的男性按著手臭罵。

鮮血從蓋住右手的左手指縫間滴落。

「居然遣回我的式鬼，吉田家的次子不是失去神通力了嗎！」

不曉得是不是慣於自言自語，沒有聽眾的獨角戲毫無停止的徵兆。

「而且還用這麼粗魯的方式遣回……我只不過是在監視啊！」

大概是出血時間比想像的久，男性暫時先把左手從右手上移開，從口袋取出某個東西。不是手帕，是紙製的短籤──符咒。

「沒想到居然會用自己的血當供品，真好笑。」

男性說著將符咒按在傷口上，詠唱咒語。看他最後是以「急急如律令」作為啟動詞作結，他大概是陰陽師或是大陸方面的術士。

「吉田家的臭小鬼，給我記住。我的血可不便宜啊！」

「沒用沒用，以大叔的本事，肯定又會挨反擊的。」

男性愕然轉向聲音傳來的方向。他不是外行人，基於經驗，他知道在「工作」時必須架設妨礙認知的結界，也沒忘記設下有人接近就會發出警報的「陣」。但他完全沒察覺外人入侵。

男性默默取出新的符咒。外行人不可能偶然闖入結界，再加上剛才那番話──從這兩點來推測，對方肯定是敵人。

但是男性沒能使用法術。

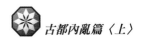

「你後面門戶大開喔。」

男性轉身時，另一名青年悄悄來到他背後，奪走他的意識。這種令人昏迷的打擊，其實是無法忽略留下後遺症可能性的危險行為，但他們下手時似乎毫不猶豫。

「應付這種粗劣的對手稱不上修行呢。大概也不需要護衛吧？」

「別這麼說，忍受無為也是一種修行。」

轉頭相視的兩名青年，體格與容貌都很像。他們不是天生相似，是因為吃同一鍋飯、克服同樣的地獄，才會打造出這樣的相似性。

最重要的是，兩人同樣是剃光頭。

◇　◇　◇

隔天第一堂課的下課時間，幹比古找達也來到風紀委員會總部。

「啊，達也，抱歉找你過來。」

先到的幹比古一看到達也入內，就動手操作手邊的控制台。

於是房門上鎖，門外顯示「會議中」。

「沒關係。所以，你怎麼突然找我？」

「因為沒什麼時間，所以我長話短說。昨天回家途中，柴田同學被盯上了。」

幹比古以嚴肅眼神如此告知，達也「裝出」驚訝的表情。

「美月？但她看起來不像有遇到那種事啊。」
「她沒發現。對方只以式神跟望遠法術監視，而且他們的法術全都被我破解了。」
「這樣啊。」
達也刻意發出鬆一口氣的聲音，注視著他的幹比古眼中暗藏責備的神色。
「事情變得正如你的預料了呢。」
「是啊，幸好你陪著她。」
「不過，這樣不是很奇怪嗎？」
達也假裝聽不懂幹比古在說什麼，聆聽他的責難話語。
「為什麼柴田同學非得被『那種傢伙』盯上？他們不是單純的流氓。雖然稱不上一流，但是感覺他們慣於犯案。」
「你的意思是他們是專業罪犯？」
「他們是『黑暗面』的魔法師。」
幹比古有一瞬間難以啟齒般支支吾吾，卻沒有保持沉默。
「這種傢伙為什麼會盯上柴田同學？如果目的是論文競賽，應該會鎖定五十里學長、中条學姊或是三七上學長才對。達也，你是不是有事瞞著我們？上次給我看的改造式神啟動式也不是湊巧找到的東西，而是和你們遇襲、柴田同學被盯上的這一連串事件有關吧？」

達也沒回答。

先移開目光的是幹比古。

「達也……雖然你總是用『沒這個必要』來否認，但我覺得欠你一份恩情。託你的福，我才得以恢復魔法師的自信與實力。」

達也想反駁，但幹比古搶話繼續說下去。

「所以我不會做出不利於你的事。如果你要我幫忙，我會盡力而為；如果你想保密，我絕對不會告訴任何人。」

幹比古再度投以豁出去的眼神，眼中的光芒看起來也有點像是被逼入某種絕境。

「但要是不曉得發生什麼事，我就不知道該怎麼保護柴田同學啊！」

現在這番話就像是幹比古向達也坦承自己對美月抱持特別的情感，但他自己恐怕沒察覺。達也也沒有利用這一點轉移話題。

「我不能說明詳細原因。」

「達也！」

理所當然地，幹比古拉高音量，更加逼近達也。

「在去年的橫濱事變，安排敵方幹員入境的外國人魔法師，現在由『傳統派』藏匿著。我正在追捕他。」

不過，達也接下來親口說出的部分事實，使得幹比古語塞，臉上也失去血色。

「抱歉，我只能透露這麼多。」

「對喔……你是……」

幹比古差點說出達也是軍方的人，在途中驚覺不能這麼做而噤口。即使他們在隔音力場的內部，這也是絕對不能說出口的事。

「我才要道歉……還有，也謝謝你告訴我。」

幹比古完全誤會了。正如達也的誤導。

而且達也對此沒有罪惡感。本次事件的真相，以及達也與四葉的關係，都還不能被幹比古知道。現在讓他知道還太危險了。現在拉攏幹比古成為幫手還太早。

「達也，你剛才有提到傳統派吧？」

「嗯。我這邊已經查出目標對象藏匿在那裡了。」

「……既然這樣，我想我幫得上忙。放學後……不行，方便晚上談嗎？我送柴田同學回家之後再回學校一趟。」

「我知道了。」

真夜並沒有訂期限，這件事對達也來說也不是那麼急。達也個人和周公瑾也沒有過節。坦白說，這個問題扔著也不痛不癢。

不過達也覺得，如果這樣能讓幹比古善罷甘休，那和他談一談也無妨。

晚間七點半。到了這個時間，論文競賽的準備工作也必須要先暫時收尾。即使留下來的都是男學生，也還有治安與風紀的問題。

五十里是競賽團隊的隊長，又是前任學生會幹部，所以平常學校關門之後都由他負責善後。不過原本應該由學生會長或是會長代理來監督，因此沒人質疑達也為何還留在校內。

最近沒有自由時間，因此累積了不少作業（例如普通課程的報告）。達也用學生會室的終端機開啟自己的課表，一鼓作氣解決堆積至今還沒交的作業。

他剛寫完物理學報告，學生會室就響起門鈴聲，告知有人來訪。

「琵庫希，拜託了。」

「是，主人。」

達也命令成為學生會室專屬侍女的琵庫希應門。「她」確認訪客的生體資料之後立刻開門。達也有預先吩咐要是幹比古來了就直接讓他入內。

「達也，久等了。」

幹比古坐到琵庫希帶他前往的椅子上，先做個平淡的問候。

「不會，剛好可以休息一下。」

達也如此回應，幹比古對他投以疑惑的目光。達也從剛才就閒置著終端機沒關，幹比古坐的位置看得見螢幕上的報告清單。

不過，這時候做出無謂的吐槽會破壞緊張感。

「事不宜遲，繼續早上的話題吧。」

與其說是維護氣氛，不如說幹比古是不希望自己的思緒變得遲鈍，才突然進入正題。

「我想確認一件事。達也，那個目標對象確實由傳統派藏匿沒錯吧？」

「這個情報來自可以信賴的管道。」

「這樣啊……」

幹比古沉思短短數秒。

「先讓我釐清一下立場。自稱傳統派的他們，在好壞兩方面都是古式魔法師的一大派系。也可以說古式魔法師分成傳統派、支持與跟他們敵對的三個派系。」

「是嗎？不過師父說繼承真正傳統的魔法師討厭他們啊。」

其實這不是從八雲那裡得到的知識，不過達也認為這樣設定比較不會招致無謂疑問。

「確實討厭。不過，反而有很多將序列或戒律視為束縛的在野術士，對於不分流派團結一致的傳統派感到共鳴。」

「吉田家是哪一邊？」

幹比古剛才說要「釐清立場」，換句話說，就是釐清自己或吉田家，和傳統派處於協助還是敵對的立場。

「吉田家自古以來就是脫離宗教秩序的家系，祭祀神祇也是為了尋得通神之術法。」

這是協助傳統派的魔法師特徵。

「正因如此，吉田家和傳統派對立。」

但是幹比古的回答相反。

「參加前第九研的傳統派和我們吉田家，對於魔法的思考方式有著根本上的不同。吉田家的目標始終是習得通神術法。他們則是不擇手段只想提升實力，我們不可能和他們聯手。」

光聽此時的情報，無法判斷幹比古這番話是他自己的想法，還是家長灌輸的價值觀。不過即使這是沿襲自他人的想法，他也確實引以為傲。

「所以不提其他各方面的事，這次也可以找我幫忙。達也希望的話，我想吉田家也可以全面協助。」

「不，這就有點……因為要是請吉田家協助，我就非得說明狀況不可了。」

「說得也是。」

達也與幹比古對於「不能說的事」的認知不一樣，不過只有達也知道這一點。

「我知道了，那就用第二個方案。我想到一個達也不用說明詳情也可以的方法。」

幹比古說著露出壞心的笑容，這張表情稱不上適合他。

「不知道該說幸還是不幸，這次舉辦論文競賽的京都有傳統派的大本營。」

幹比古很有精神地說出的情報，和達也在奈良聽藤林與光宣說的有點出入，但達也沒有材料可以判斷哪一邊正確。

「似乎是那樣。」

所以達也暫時認定兩邊都正確，先聽幹比古怎麼說。

「原本預定派遣警備小組去勘查現場，不過我打算也加入。」

「所以呢？」

「達也加入警備小組也是這個目的吧？」

幹比古以問題回應達也的詢問。

達也沒催促，先回答幹比古的問題。

「沒錯。」

「所以達也就在市區自由行動吧。我會巧立名目要你『廣為』巡視會場周邊，以免去年的事件重演。」

「這就謝了。那麼幹比古，你呢？」

「我當誘餌。我打算從競賽會場的新國際會議中心高調派出探查用的式神，盡可能地激怒傳統派。」

「原來如此。」

達也知道幹比古的意圖之後咧嘴一笑。

「要是傳統派出手，正當防衛的名義就成立了。這麼一來就不是達也的工作，會變成是他們對吉田家找碴。」

「戰力差距不要緊嗎？」

「若是論每個人的個人能力，絕對不會輸他們。要是傳統派出動的人數遠多於吉田家，其他流派就真的不會坐視不管。重點在於讓對方主動出手。古式各流派重視名目，如果由我們這邊出手，他們應該只會袖手旁觀，但要是由對方出手，肯定會介入調停。」

達也的大腦迅速運轉，模擬到時候將會是何種狀況。他擔心的是古式魔法師們以魔法高調交戰，導致市區變成戰場。要是警察或國防軍全力忙著鎮壓，周公瑾應該會趁機逃走。

但要是因為傳統派先出手，引來古式各流派介入調停，就有藉口可以調查傳統派內部。預測事情將會演變成極為如達也所願的情況。

「要是對方沒出手呢？」

「在這種狀況，我的式神將會去找出達也的目標。對方是大陸的道士吧？如果是的話，那想子的波動就會不一樣。多虧達也嚴加磨練，我現在很擅長識別想子波。我自負古式術士中無人比得上我。」

「好大的口氣啊。」

露出笑容的達也沒有否定幹比古這番豪語。古式魔法師會分辨術式差異，沒有現代魔法師那種檢視想子波的習慣。因為觀測還沒成為法術的想子波沒有意義。觀測想子波是研究想子在技術上如何利用的過程中誕生的現代魔法技能。而且技能優秀到能夠取得實用觀測值的人，例如可以「自行」將技能鑽研到跟STARS探測寄生物一樣高超程度的魔法師，在現代魔法師之中也幾乎找不到。

幹比古的自負具備十足的根據。

「美月怎麼辦？」

洋溢自信的幹比古表情忽然一沉。這種淺顯易懂的變化令達也覺得有趣，但他也知道現在不是可以笑的時候。

「……帶柴田同學一起去太危險了。」

「那我來安排美月的護衛吧。」

「可以拜託你嗎？」

「當然。因為她原本就是被我波及的。」

幹比古之所以鬆一口氣，大概是認為達也會從國防軍安排人手護衛吧。

其實八雲的徒弟已經在保護美月，不過為了以防萬一，達也打算再從不同於幹比古所預料的某處派遣魔法師。

「要什麼時候提這件事？」

「得先以風紀委員會的立場和校方溝通……大概星期五吧。」

「知道了，我也吩咐深雪打點學生會那邊吧。」

「……不對，你也是學生會幹部吧？自己處理啦。」

達也沒回應，只露出壞心的笑容。

幹比古也露出苦笑而離席。

◇　◇　◇

西元二〇九六年十月十一日星期四夜晚，京都市內某處。

天空是滿布烏雲，感覺隨時會下雨的漆黑夜空。

白天為人們休憩場所的公園，到了深夜也幾乎沒有人煙。若以今晚來說的話，公園裡只有兩個人影。

「名倉大人，讓您久等了嗎？」

周公瑾從上游方向走過來，向站在河岸的名倉搭話。

「不，周先生，您很準時。」

名倉抬起頭，回以頗為親切的問候。

兩人在彼此伸手也剛好碰不到對方的距離相視。

「兩個月不見了。」

周這麼說。

「是的，好久不見。即使想叨擾也不曉得您的新家在哪裡，所以不小心失禮了。」

名倉以像是反擊的直拳回應周像是試探的刺拳。

「您上個月『被迫搬家』過於突然，我嚇了一跳。我若事前知道就能預先告知了。」

「不，我並不打算如此強人所難。畢竟是那種對手，沒辦法在事前掌握他們的動向也是在所難免。」

名倉指責周捲著尾巴逃離黑羽追捕，周挖苦七草家無法查出四葉的內部情報。名倉面帶率直表情，周則是面露秀麗笑容，這樣的兩人互相對彼此說出這種壞心話——這種程度的話語往來一如往常。

「所以名倉大人，您今天有何要事？」

周依然不改笑容，如同不知道其他表情般，掛著笑容詢問名倉。不能說他性急。畢竟現狀不

「周先生，您知道九島和四葉聯手了嗎？」

周眉毛微微一顫。這還不至於使他卸下笑容。

「不知道……難道是為了我？」

「我想應該是四葉家得知傳統派藏匿周先生，才會找和傳統派敵對的九島家協助。」

「哈哈哈哈哈……」

周突然拉高音量笑出聲。

「我還真風光呢。不只是當今世上最強魔法師率領的四葉，居然連昔日享有世界『最巧』名譽的九島也盯上我。」

周公瑾開心地笑著。

不是自暴自棄，也不是陷入絕境而發瘋。

他從一開始就悄悄陷入了瘋狂——他的笑聲給人這種感覺。

「長年處於敵對關係的九島，應該將傳統派查得一清二楚了吧。我想周先生的藏身處也很快就會被找到。」

名倉不為周的變化所動，平淡指出這件事。

周收起笑容，以挖苦的語氣反問：

「原來如此，您說得對。雖然受到傳統派眾人的照顧至今將近兩個月，不過我也差不多該告退了。所以名倉大人……不，七草家願意提供新的藏身處嗎？」

「是的。」

大概是和預料的回答不同，周疑惑地看向點頭的名倉。

「我就坦白說吧。七草不容許周先生落入四葉手中。因為周先生和七草家的關係絕對不能為人所知。」

「所以會為我準備逃亡之處？」

「是的。」

不是藏身之處，而是逃亡之處。周以這種形式詢問，名倉予以肯定。

「我將帶您前往四葉絕對找不到的地方。」

「喔……您說的那個地方……」

周假裝不經意地伸手入懷。

名倉的手不知何時開始握著手機造型的ＣＡＤ。

「該不會叫作黃泉吧！」

「不，那個地方叫作地獄！」

兩人同時蹬地拉開彼此的距離。周從懷裡取出漆黑發亮的牌子——令牌，名倉從ＣＡＤ展開啟動式。

周大概打從一開始就預備好術式了，雙方幾乎同時發動魔法。

周的令牌竄出全身漆黑的四腳獸，大概是模仿犬隻形狀的合成體。黑狗往地面一蹬，筆直撲向名倉喉頭。

十幾根透明的針，從下方貫穿影子的身體。

名倉的腳浸在河中。貫穿影子動物的針來自名倉腳邊。

「水針嗎……」

周的雙眼在這片黑暗之中，看穿了透明針的真面目。

「我太大意了。指定在河邊見面是我的失誤。看來『地利』在你那邊。」

「你這是以影子為媒介創造動物合成體的魔法吧？」

「是的，我師父稱之為『影獸』，沒什麼創意的名字讓您見笑了。這是方術吸收西洋魔法所創的混合魔法——師父老大不小了依然引以為傲喔。」

「西洋魔法……地獄犬是吧。看來我挑錯『天時』了。至少該挑有月亮的夜晚才對。」

兩人並非是在悠哉地談論法術。他們如此交談的時候，周手上的牌子也吐出影獸，名倉也以水針迎擊。

周看起來沒有在構築新魔法。也就是說，他手上的令牌應該藏有許多影獸。雖然已經超過十隻，卻沒有見底的徵兆，不曉得他究竟在那張小小令牌上施加了幾層魔法，實力深不可測。

「但我不懂。」

「不懂什麼？」

不過，先開口詢問的是周。

名倉表情不變，以機械化的動作迎擊周派出的幻影獸。反問周的聲音中也毫無情感。

「第七研的開發主題是群體控制魔法。群體控制是同時操作至少上百物體的魔法吧，應該不只是操作這種程度的數量。您該不會是對我手下留情吧？」

「怎麼可能。我應付周先生時沒那種餘力。」

名倉以深感意外的語氣回應。語氣比話語本身還要蘊含情感，引起周的注意。

「周先生知道『失數家系』嗎？」

水針射向周。人的肉眼，實在無法在黑暗中視認出這種針。但周卻往旁邊一踏，輕盈地閃過那些針。

這不是人類光靠肌力就能達到的速度。大陸的古式魔法，是否也有某些法術的效果等同於自我加速魔法呢？

「我知道。據說那是由創造十師族的魔法師開發研究所賦予數字，後來卻因故被剝奪的魔法師家系。」

水針接連射來，周忙著閃躲，抓不到派出影獸的時機。攻守不知不覺間互換了過來。
「那麼，您知道數字被剝奪的原因嗎？」
「這個我就不知道了。不，我只知道其中一個原因是沒能發揮研究所期待的性能。」
針化為雨水灑落。周從胸前口袋抽出手帕。
白色手帕擴大為覆蓋周全身的尺寸，保護他不受水針之雨攻擊。
名倉停止攻擊。
周放下白布露臉。
「我正是性能沒達到第七研期待的魔法師。」
「喔，恕我失言冒犯了。」
周派出一隻影獸。
名倉操作ＣＡＤ，在極近距離驚險擊落。
周放下握著令牌的手。
名倉依然將手指放在ＣＡＤ上，繼續聊起失數家系的經歷。
「群體控制魔法的基本形，是預先準備射擊用的物體，再加以操作的術式。」
名倉展開啟動式。
周以白布備戰。

「但我不認為這種方式適合實戰。戰鬥並非只在自己剛好帶著占空間的媒介時才發生。ＣＡＤ這種輔助工具就是以隨身物品的概念研發的，為什麼非得另外帶著無謂的包袱？」

「身為沒有剛好帶著法具媒介就無法使用魔法的古式方士，您這番話真刺耳呢。但我覺得ＣＡＤ也不全是『隨時能隨身攜帶的物品』吧？畢竟也有仿造大型手槍的款式。」

「是指手槍造型的特化型ＣＡＤ對吧？我認為那個也不適合實戰。」

名倉與周都維持即將發動魔法的狀態，觀察彼此的破綻。或許兩人進行的對話，也是用來製造破綻的心理戰。

「總之，我無法接受研究所的方針，所以將群體控制魔法改造成隨時都能使用。同時能控制的對象物體也變得少於一百。相對的，我發明出了將液體賦形化為子彈的技術。」

「我深感遺憾。」

「結果就是數字被剝奪了。」

此時，兩人的對話順序換了。

是周公瑾刻意造成的。

名倉因而稍微分心。

周將令牌扔向名倉。

沒料到這招的名倉朝周發射水針。不是化為暴雨灑落，而是順著描繪圓形的軌道飛去。

空中的令牌竄出影獸。

名倉構築新魔法迎擊。

白布輕盈落地，周公瑾的身影不在另一側。

被水針命中的影獸成為影子，融入黑夜。

描繪出弧形的水針群空虛地貫穿夜空。

落在河面的令牌吐出黑影。

以視野一角捕捉到這一幕的名倉，發動跳躍術式。

名倉在千鈞一髮之際躲開濺起水花撲過來的獠牙。

跳到對岸的名倉重整態勢以備後續攻擊。他注視河流彼岸的黑暗，一根黑角從背後貫穿了他的腹部。

貫穿名倉腹部的角如同瀝青一般濃稠地溶解，被拂過河面的晚風吹散。名倉失去支撐，仰躺倒地。

頭部方向傳來踩踏河邊砂礫的腳步聲。費了一番力氣移動目光看去，首先映入眼簾的是覆蓋周公瑾身影的白布，周則是從布的後方走來。他也並非毫髮無傷。看起來很高級的三件式西裝，左肩與右側腹部分都破了洞，沾著血。

「看來……我不是……被幻影……騙了……」

無須對方說明，名倉也還記得發生了什麼事。他以為自己跳到「對岸」遠離周，實際上是背對敵人跳到「這邊」著地。

「是的，和你過招的是我本人。」

「欺瞞……方位……這就是……鬼門……遁甲的……方術……嗎……」

名倉說得斷斷續續難以聽懂，但周順利地理解。

「是的。話說回來，我好久沒流這麼多血了。以我實際的感覺，名倉三郎，你的實力在黑羽貢之上。」

「哈……哈哈……這是……我的……榮幸……」

周單膝跪在名倉身旁，以溫柔語氣詢問。

「我和你是曾舉杯對飲的交情。你在最後有什麼願望嗎？」

「願望……嗎……那麼……只有……一個……」

「什麼願望？」

「請……和我……」

「是。」

「一起死吧！」

名倉絞盡最後的力氣大喊。

這是咒語——真的是詛咒的言語。

名倉的身體從胸口爆炸，他的血化為針，襲擊周公瑾。

周站了起來。

保護臉部的手臂插滿針。他看見這些紅針後蹙起了眉頭。

「畢竟這是你最後的願望，我個人是很想幫你實現。」

他伸手摸索鑽過雙臂縫隙插到耳垂上的針，並加以拔除。

針融化恢復為血，耳垂留下小小的傷痕。周嘆了口氣，從上衣口袋取出另一張令牌。

血針達到事象改變的時限，於是所有的針同時融化。

周公瑾詠唱簡短的咒語。

他皮膚上的刺傷，像是低速攝影（高速播放）的影像般逐漸消失。

「不過很遺憾，這種程度的魔法殺不了我。」

周站起身，看著自己的衣服嘆氣。他早就預料到名倉大概會發動某種——很可能是接近自爆的攻擊。他來得及以手臂保護臉部，是因為他一直在提防水針攻擊。

「這邊已經不行了。即使是深夜，這副模樣也顯眼得不得了。」

但他沒猜到名倉會以自己的血攻擊。他低頭看著沾滿死者鮮血的衣服嘆氣。

周取出不知何時回到口袋的手帕。

不對，不是回到口袋。這條手帕明顯和剛才的不同。

不是白色，是黑色的手帕。

他打開闇色手帕，以展開的巨大影子包覆自己的身體。

手帕變成的黑布和影子同化，現場只留下了名倉的屍體。

〔5〕

十月十二日星期五。距離十月二十八日的論文競賽只剩半個月，校內變得更喧囂。京都的競賽以純理論為主，原本預料不會成為像去年那樣的浩大工程，最後依然逐漸演變成大騷動。

關於上台發表的準備，由五十里親自帶頭進入最後衝刺。警備小組由服部帶頭努力訓練。前往京都的各種準備由穗香與泉美合力安排。

達也與深雪當然也沒在玩樂。深雪以學生會長的身分注意整體進度，看到哪裡進度落後就派幫手支援。這個幫手大多都會是達也。他加入上台發表的準備工作、參加警備小組的訓練、處理深雪與穗香忙不過來的學生會工作，還為了深雪到處幫忙。

幹比古來到學生會室，是在百般忙碌的達也好不容易擠出一小段時間，也就是放學後即將關閉校門的時候。

「打擾了……」

幹比古似乎還不習慣使用風紀委員會總部直達學生會室的階梯，和隨意來往於兩處的雫完全相反（此外，雫正在保護梓）。

「幹比古，你真準時。」

即使達也輕鬆搭話，幹比古似乎也無法輕易放鬆下來。

「因為啊……看你忙成那樣，我根本不敢比約好的時間晚到。」

深雪聽到這番話，露出隱約散發著放棄之意的虛弱笑容。

「要是大家的心態都和吉田同學一樣就好了。」

達也感覺這是暴風雨前的寧靜，催促幹比古進入正題。

「幹比古，趕快開會吧。」

「嗯，也對。」

幹比古可能也有相同感想，將捲起來拿在手上的大張電子紙攤開在會議桌上。

幾乎占滿桌面的電子紙，浮現京都市的地圖。

「今天想找你討論的，是關於現場警備的探勘。」

幹比古以鄭重語氣開始說明。

「關於當天的警備，服部前社團聯盟總長正在準備。服部學長也有親自和別校開會討論，所以應該可以直接交給他處理。」

「不用請服部學長過來開會嗎？」

回應穗香的不是幹比古，是達也。他點頭示意沒問題。

「我們已經徵得了服部前總長的同意，只要最後向他報告討論結果就好。這樣沒錯吧，吉田委員長？」

「司波書記長說得沒錯。」

幹比古似乎很難啟齒地說出「書記長」這個頭銜，但他沒膽量在深雪面前忽略這職稱。

「服部前總長說今天的會議不用找他。因為我們是想收集情報，所以他應該是覺得只要回報結果就好了吧。」

幹比古改為和朋友講話的親和語氣，可能是再也無法忽略鄭重口吻的突兀感了吧。

「差不多該進行具體的討論了。」

達也似乎也覺得這樣比較便於討論，立刻配合他的語氣。

「ＯＫ。那麼請看這裡。」

即使說是朋友語氣，幹比古對深雪的遣詞用句也總是如此客氣。

「這裡是會場，新國際會議中心。」

「幾乎是郊區呢。」

泉美看著地圖，毫不客氣地表達意見。

「當地似乎強烈希望不要在市中心舉行會議。」

幹比古苦笑回答泉美的疑問之後繃緊表情。

「和去年不同，周圍的交通流量不大，罪犯或破壞員可以躲藏的場所似乎也不多。不過周圍有許多自然環境，就表示要是做好相對的準備，能藏身的地方要多少有多少。」

幹比古暫時將會場周邊的放大地圖恢復為京都市全圖。

「而且我覺得要是附近沒有藏身處，對方可能會在不遠處設立據點。」

深雪依照「計畫」，於此時開口附和。

「也就是說，吉田同學認為不只是調查會場周邊，應該要擴大範圍調查對吧？」

「嗯，我可不想重蹈去年的覆轍。」

達也立刻進行第二波支援射擊。

「我贊成。雖然我們終究只是高中生，但還是應該盡力而為。」

充滿意外感的視線，集中在達也身上。穗香與泉美就算了，連知道內幕的水波都投以這種目光，這並非達也所願。但現在的重點是，別讓預定留守的穗香與泉美起疑。達也假裝沒察覺三人的視線。

「所以幹比古，要找誰場勘？」

「由我去。」

「風紀委員長不在學校沒問題嗎？」

「學校這邊，我想請護衛成員的北山同學負責。此外，我希望達也跟我一起去。」

「沒問題。至少派一個警備成員到現場看看應該也是有必要的吧。」

達也點頭允諾之後，深雪舉起手。

「哥哥，方便的話，我也想同行。」

「妳這個學生會長也要去？」

達也裝得不像是作戲般詢問。擅長在這種時候演得煞有其事的，反而是深雪。

「我想直接和啦啦隊的各位下榻的旅館負責人討論。也想確認那裡，有沒有因應臨時狀況的避難所。」

「深雪，這種事就由我……」

「穗香要處理人員移動還有預算之類的個別問題吧？我只負責綜觀整體，並沒有負責特定的工作。」

「也對……」

穗香一臉惋惜地打退堂鼓。

旁聽深雪與穗香對話的泉美似乎有話要說，但深雪卻在她還不敢開口時搶先說話。

「我想請泉美學妹在我去京都的時候，以副會長的身分代理我的職務。泉美學妹願意接受我的委託嗎？」

「請交給我，我會努力擔任代理。」

不用說，泉美其實想和深雪一起去京都。但是敬愛的深雪拜託她代理職務，她不可能拒絕。泉美反倒是個會心想「深雪學姊願意依賴我！」而摩拳擦掌的那種少女。

「行程怎麼安排？」

「雖然有點緊湊，排在競賽前的週末，也就是二十到二十一日共兩天一夜如何？」

「這個安排很妥當。訂好住處了嗎？」

「還沒，想說等到計畫定案之後再訂。」

「這樣啊。水波。」

此時達也呼叫水波進行最後的收尾。

「是。」

這個腳本已經預先對水波說明過了，所以她沒有特別驚訝——她從平常就沉穩得和實際年齡不符。

「不好意思，可以幫忙訂旅館嗎？最好是競賽前一天就能入住的旅館。成員是我、深雪、幹比古以及妳共四人。」

「我也要？」

「對。在那裡幫忙深雪吧。」

達也這句話令泉美露出不甘心的表情，大概是想要成為深雪的助手吧。但她已經答應代理深雫的職務。如果這是達也拜託的事，泉美應該會輕易收回前言，但她不會反悔撤回深雪的委託。她甚至不會冒出這種念頭。

到了校門關閉的時間，達也在穗香的陪伴之下，先行離開學生會室。他們要去找雫。雫正在保護指揮製作示範機器的梓。

途中，他們和鎖好風紀委員會總部門窗的幹比古會合，三人一起前往實驗大樓。五十里在講堂指揮工作，梓在另一個地方製作實驗對照組的設置型ＣＡＤ。

「雫！」

穗香出聲叫雫。和雫一樣擔任梓護衛的千倉朝子與紗耶香，還有本應護衛凱利卻不知為何待在這裡的桐原，一起看向達也他們。

「司波，怎麼了？我們應該有確實提出留校申請啊。」

桐原也不再使用「司波兄」這個稱呼了。他叫達也「司波」，叫深雪「會長」，堪稱是最妥當的稱呼方式。

「你們的申請確實受理了，但是讓女學生在學校留太晚實在不太好吧？」

「……人家這麼說喔。」

桐原轉過頭，簡短地如此告訴紗耶香。看來任性的人是紗耶香。

「所以，怎麼了？」

氣氛即將變得尷尬時，雫如此詢問穗香。她應該是察覺氣氛不對想換個話題，不過達也與幹比古來這裡正是要找她。

「北山同學，我想拜託妳一件事。」

「拜託我？」

雫歪過腦袋。像是人偶的這個動作，使得幹比古一邊忍不住失笑，一邊說明來意。

「其實在競賽之前，我要先到京都場勘。」

「防止發生去年那種事？」

雫聽到「場勘」這兩個字，就理解到這麼做的「表面」理由。

「對。預計在二十到二十一日共兩天一夜，先去確認各方面的事。所以那兩天妳可以幫忙代理委員長的工作嗎？」

雫不知為何不是看向低頭的幹比古，而是看向穗香。

「穗香呢？」

「咦，我……留在學校。」

「是喔……」

雫的視線焦點移向達也。

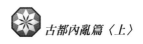

「達也同學要去？」

「對。」

雫思索片刻，回答幹比古「好啊」。

「謝謝，妳幫了大忙。」

「不用客氣。」

如此回應的雫，這次同樣不是看向低頭的幹比古，而是從達也身上移開目光的穗香。

◇　◇　◇

在回家的電動車廂上，閱讀網路新聞的達也像是在說「哎呀？」般變了表情。

「哥哥，請問怎麼了？」

坐在旁邊的深雪立刻察覺這個變化並且加以詢問。

「嗯，妳看這則新聞。」

達也將情報終端裝置朝向深雪，顯示在畫面上的是京都當地的報導。達也似乎現在就在收集情報了。

報導內容詳細說明在知名觀光景點發現的他殺屍體。

「是今天早上發現的，死者姓名是名倉三郎先生……哥哥，這位不是……！」

深雪也立刻察覺達也有所反應的理由。

「兩位認識他？」

水波對這個名字沒印象，所以當然會這麼問。

「如果不是同名同姓，那他就是擔任七草學姊隨扈的魔法師。」

水波睜大雙眼。

「是他本人嗎？」

「不曉得，因為沒有照片。」

達也嘴裡這麼回答，卻直覺確信這個受害者是年事頗高，護衛真由美的那位魔法師。

「如果是他本人……這是巧合嗎？」

深雪說出達也與水波都抱持著的疑問。

七草家的魔法師在周公瑾很可能藏身的京都遇害，而且堪稱是離奇死亡。

報導說明死者狀態非比尋常，恐怕是以魔法對決戰敗的結果。

在魔法戰鬥中殺害實力強到可以擔任七草家長女隨扈，且很可能是失數家系的魔法師。做得到這種事的高手相當有限。比方說，像是讓黑羽貢受重傷，突破黑羽實戰部隊包圍網成功逃走的那個男人……

達也實在不認為這是巧合。

◇◇◇

看到名倉遇害的新聞，最驚訝的肯定是她。

「父親大人，請說明一下！」

得知弘一返家的同時，真由美就衝進了父親書房。

「名倉先生遇害是怎麼回事！」

她雙手用力撐在厚重的桌面，質詢坐在桌後的父親。

「妳為什麼知道名倉遇害？」

「警察有打電話來核對死者身分！」

「是妳接電話？妳沒去大學上課？」

「警方聯絡不上父親與哥哥，才會找上我！」

「那些傢伙……在搞什麼啊……」

弘一說得像是自己沒有錯般，輕聲責難兒子們。聽到這番話的真由美更加激動。

「那種事一點都不重要吧！」

父親與大哥跑得無影無蹤，二哥在家也不接電話，但這都是家常便飯。真由美打從心底覺得無所謂。

「請不要再打馬虎眼了！名倉先生遇害是怎麼回事？」

「就是字面上的意思吧？名倉被殺了。他死掉真可惜。」

「我不是在問這種事！為什麼名倉先生會在『京都』遇害？」

「妳沒必要知道。」

弘一冷漠地放話。但真由美不是文弱的千金小姐，不會因為這樣就畏縮。

「名倉先生是我的隨扈，照理說我應該有資格知道。」

她語氣變得平穩，其深處卻是捲起更加激烈的情緒漩渦。即使不是弘一應該也明白這一點。知道女兒個性的他覺得必須稍微讓步。

「我派名倉到京都進行某個工作，大概是在那裡被捲入麻煩事了吧。」

「某個工作？是什麼工作？」

「對於十師族七草家來說很重要的工作。」

「所以說究竟是什麼工作！」

「妳沒必要知道。」

但是弘一不認為他必須做出更大的讓步。

真由美也感受到了這一點。她領悟到繼續質詢下去也沒用。

「……我知道了。恕女兒告退。」

真由美懷抱著對父親的嚴重不信任感，離開了書房。

但真由美沒有放棄查明真相。

其實真由美和名倉的交情不算親密。名倉總是對真由美畢恭畢敬，始終是以隨從的身分對待她。真由美覺得名倉身上有種莫名的毛骨悚然感。

但名倉依然是共同行動好長一段時間的熟人。這樣的他遇害了。而且是因為自己的父親所吩咐的工作。

真由美完全不相信弘一「被捲入麻煩事」的說法。她確信名倉不是在工作中被捲入麻煩事，而是因為工作遇害。

但這只是真由美的直覺，目前毫無根據。她自己明白這一點。

「真由美，怎麼了？瞧妳從剛才就老是嘆氣，而且好像有些無精打采的。是身體有哪裡不舒服嗎？」

「啊？不，摩利，沒事。」

「看起來不像沒事……如果沒事，妳最好振作一點喔。妳從剛才就很引人注目。」

「咦，是嗎？」

真由美連忙挺直背脊，整理大幅敞開的領口以及高衩裙襬，重新坐好。

這裡是魔法大學的咖啡廳，現在是上午與下午課程中間的午餐時間。這時段有許多用完餐的學生聚集在這裡。要是十師族七草家的千金慵懶地展露有點煽情的模樣，當然會引人注目。

至於摩利出現在這裡，並不是蹺課沒接受防衛大學的訓練。魔法大學有一個制度是接受防衛大學特殊戰技研究系（坦白說就是魔法師軍官的培訓學系）的學生旁聽，防衛大學校方挑選的學生每週會來旁聽課程一次。摩利獲選為這樣的學生，而今天就是前來旁聽課程的日子。

真由美暫時裝作若無其事，但是撐不久。大概也是因為久違地面對好友的安心感吧，她自覺差點再度嘆氣，決定不再逞強。

「摩利，我想和妳商量一件事。」

真由美將雙手手肘撐在桌面，遮住嘴向摩利說話。雖然這姿勢很沒教養，卻是能最輕鬆地避免被讀唇的姿勢。咖啡廳准許使用隔音力場，但禁止使用遮蔽光線使人看不見內部的魔法。

「什麼事？」

摩利也擺出了相同的姿勢。就旁人的眼光看來，她們聚首交談的樣子，更是強調了她們像是在講祕密。

「摩利知道名倉先生吧？」

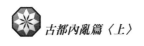

「是妳的隨扈吧？那個人怎麼了？」

「他被殺死了。」

「妳說被殺？這種事……什麼時候發生的？」

摩利原本想說「這種事可以面不改色地講出來嗎」，卻看到真由美眼中的悲傷、煩躁、憤怒等情緒混合在一起打轉，因此臨時改變問題。

「前天，大概是深夜發生的事。我昨天收到京都警察的通知。」

「京都？歹徒的目標不是妳吧？」

「不是。」

「這樣啊……」

摩利差點安心地嘆氣，費了番工夫才克制下來。她表面佯裝鎮靜，內心卻亂了分寸，差點陷入恐慌。如果真由美被盯上，我該怎麼做……這個想法在她的腦海裡打轉。知道這是無謂的憂慮之後，摩利內心總算取回了悼念死者的餘力。

「請節哀順變……謹致上哀悼之意。」

「謝謝。」

寧靜的空氣在兩人之間流動。無聲的時間應該是在為死者默哀吧。

「所以死因是什麼？是意外嗎？」

「是他殺。」

摩利也有預料到可能是這個答案。擔任十師族的隨扈總是要背負這個風險。

「但我不知道原因。」

眼前的好友拚命克制自己差點爆發的情緒。摩利不用問也不用觀察，就能明白。

「父親只說派他到京都工作，卻完全不說明是什麼工作、是怎樣的工作。反正肯定不是什麼正經的工作，可是沒想到他居然會因此丟掉性命……」

真由美的喉頭發出吞嚥聲。那肯定是嗚咽。

「我並不是想為他報仇。」

真由美好不容易平復情緒，以因為鎮靜所以反而透露堅定意志的聲音說下去。

「不是報復，我總覺得不能置之不理，不能放任不管。」

「妳這個想法……有什麼根據嗎？」

懾於這股意志的摩利回以冷靜的指摘。

「目前完全沒有。覺得必須做些什麼，只是我的直覺。但我沒辦法忽視這個直覺。我在意得不得了。」

「我……還沒辦法空出太多時間。」

魔法大學距離防衛大學不遠——正確來說，是魔法大學距離特殊戰技研究系的外部校舍不遠。此外，校方認同魔法師學生必須隱藏流派的祕密與專屬魔法，所以不必住宿舍，兩人要見面並非難事。

但就如摩利所說，防衛大學的課程不比魔法大學自由。必修課程很多，一年級時可以說是完全沒空做其他事。摩利個人看到好友在煩惱很想幫忙，可惜不可能排出時間。

「……找十文字或達也學弟商量如何？」

出現一個出乎意料──真由美從未想過的名字，使她睜大雙眼反覆眨啊眨的。

「我知道可以找十文字……但為什麼會提到達也學弟？」

「今年的論文競賽不是在京都嗎？」

真由美覺得摩利的回答不算回答。

「競賽頂多是兩天一夜吧？而且他應該會忙著比賽，沒空做別的事吧？」

「去年發生過那種事，至少會事前到當地勘查一下吧？」

「是有可能會事前勘查沒錯，不過達也學弟肯定也會幫忙準備發表內容，還有學生會幹部的工作。這麼忙的他會刻意親自跑一趟嗎……呃，怎麼了？」

真由美察覺摩利以傻眼的眼神看著她。

「那種事我們想東想西也沒用吧？問他本人不就好了？」

摩利這番話過於理所當然，真由美完全想不到該如何反駁。

「再說，妳為什麼從剛才開始，就只在意那個傢伙方不方便呢？要找人幫忙的話，應該找十文字吧？十文字也是大學生了，應該比身為高中生的達也學弟更好通融。而且我覺得還是十文字比較可靠。」

「這……這是因為……同樣是十師族，我不希望七草家的問題造成十文字家困擾……」

摩利沒將真由美的藉口聽進去。雖然聽在耳裡，內心卻完全忽略。

「真由美，雖然我覺得不太可能……」

「什……什麼事？」

摩利看向她的表情，並不是捉弄好友時的壞心眼笑容。而是莫名地嚴肅，由衷擔心真由美的表情。

「妳該不會真的喜歡上那個傢伙了吧？」

摩利這句話經過數秒才滲入真由美的腦海裡。

「妳說的那個傢伙是……達也學弟？」

「笨蛋，太大聲了啦！」

真由美有預先架設隔音力場，所以聲音不會傳出去。但她激動到讓摩利忘了這件事。

「不可能有這種事！對，不可能！我怎麼可能真的喜歡上達……達……達……」

摩利以關愛的眼神注視結巴的好友。

「真由美，妳看妳自己現在這副模樣，還能斷言不可能有這種事嗎？」

「這……」

真由美的音量沒自信地越來越小。

但她沒有就此罷休。她毅然決然地抬起頭，挺起胸。

「不，果然還是不可能有這種事。我說不可能就是不可能。」

「……雖然莫名充滿自信，但妳這番話毫無說服力喔……」

「達也學弟是可靠的男生，就像是弟弟。沒錯，弟弟。就是弟弟！」

「不對，這就錯了吧？妳和那傢伙可沒有血緣關係啊。」

「嗯，叫弟弟幫忙是姊姊的權利對吧！好，就找達也學弟幫忙查明真相吧。首先要先確認他去京都的行程。」

「不，我就說……」

真由美以奇怪的方式做總結，面對她的摩利露出精疲力盡的表情趴到了桌上。

◇◇◇

十月十四日，星期日。達也造訪橫濱的魔法協會關東分部。

他在櫃檯告知姓名，表示約好和某人面會。

對方已經在面談室等待。

「葉山先生，好久不見。讓您久等了嗎？」

「不，達也閣下很準時。是我找您過來的，所以我當然要先到，這件事就請您不要繼續放在心上了。」

達也行禮之後，站在葉山的正對面。

兩人很有默契地同時坐下。達也覺得沙發有點硬，讓他能維持恰到好處的緊張感。

「您找我過來，是為了本次的工作吧？」

話匣子由達也開啟。

「是的。聽說您前幾天在奈良遭到襲擊。有受傷嗎？」

「不要緊。我和深雪都毫髮無傷。感謝您的關心。」

「那太好了。不過，那種程度的歹徒也完全不可能傷及達也閣下分毫。話說，您查出對方身分了嗎？」

「不知道確實身分。軍方情報部介入，我沒辦法詳細調查。」

「喔，情報部啊……」

虛實交錯，相互刺探的對話。如同達也沒有告知自己知道的一切，葉山肯定也有所隱瞞吧。

不，只以當前的對話來看，葉山等於什麼都沒說。

「非常抱歉。因為這樣，所以目前的成果還不足以回報。」

「別這麼說，夫人也讚許光是取得九島家的協助，就是很大的成果了。」

達也以不至於冒犯的程度觀察葉山的表情。很遺憾，達也的眼力無法辨認「真夜讚許」這句話是事實還是客套話。

「那我可以按照現在的方針進行嗎？」

「沒問題。」

達也只能暫且接受他至少還能保有行動自由。

「黑羽那邊有掌握到什麼新的情報嗎？」

「那邊也沒進展。」

只回答必要最底限的事，或許是要避免提供材料給達也推測。達也腦海裡甚至掠過了這種類似胡亂猜疑的思緒。

「那麼，達也閣下，我今天請您過來是要轉達夫人的話語，徵詢閣下的意見。」

「好的。」

這是當然的。不可能只是詢問搜索狀況。

「夫人想詢問達也閣下是否需要增援。」

「增援嗎……」

出乎預料的這句話，使得達也無法立刻回答。他沒想過真夜會派遣援軍幫助自己。

不過達也認為這是個好機會。其實他原本想瞞著真夜請葉山或貢派人幫忙，既然真夜說要提供增援，那麼照做應該就是最不會留下後遺症的做法。

「葉山先生，送信派給我這個任務的時候，您指示文彌他們刻意放過跟蹤的人吧？」

達也說完，葉山以正經表情歪過腦袋。

「什麼？我沒下過這樣的指示……」

葉山看起來不像裝傻。不過從事後的狀況來看，明顯有人做過這種指示。

「喔喔，這麼說來，花菱有找文彌閣下講過話。」

「花菱先生嗎？」

花菱在四葉家侍從排名第二，是四葉從外部延攬的魔法師。雖然魔法力平凡，卻是實戰經驗很豐富的退役軍人。他在四葉家的職責，是在接受魔法相關的檯面下委託時，負責調整行程或支給裝備。就某種意義而言，這名管家擔任著四葉的司令塔。

「不過，花菱先生應該不可能擅自這樣指示才對。」

「非常抱歉，我也不曉得進一步的細節。」

這是騙人的。達也與深雪的情報可能外洩，真夜的心腹不可能不知道這麼嚴重的事。達也就算了，但深雪是下任當家候選人。

然而，既然葉山斷言「不曉得」，達也就無從繼續追問。達也決定換個方式進攻。

「這樣啊。不過我想文彌肯定被跟蹤了。畢竟有人造精靈調查過我家，我也曾在離自家最近的車站被人襲擊。」

「居然發生了這種事啊……達也閣下，讓您遭遇到這種事情，我感到非常抱歉。我會好好問過花菱。」

「不，這件事已經過去了，我不在意。」

「那麼……？」

「其實，我與深雪的同學身邊，似乎也有傳統派的黨羽出沒。」

「嗯……達也閣下與深雪大人都很擔心這件事吧？」

「是的。目前是承蒙北山家與九重寺協助處理，不過可以請您向姨母大人美言幾句，在這方面也幫個忙嗎？」

「原來如此。消除後顧之憂是戰術的基本，真夜大人也不會反對的。」

「拜託您了。因為我不想進一步勞煩師父。」

要是繼續容許八雲介入，就不只是蒙受不白之冤的程度，而是連「不能曝光的病灶」都會被揭穿。達也這番話背後隱含這樣的威脅，但是不曉得葉山是否理解。達也希望四葉與八雲「為了

「彼此著想」能夠理解這一點，卻沒有清楚說出口。

「話說達也閣下，說到九重寺……」

葉山突然改變話題，或許是示意不想繼續討論這件事。

「聽說達也閣下最近好像在九重寺致力於開發新魔法？」

「您居然知道呢。」

達也臉上所露出的驚訝表情並非是在作戲。他真的不知道葉山究竟是何時、從哪個管道得知這件事。

「這只是推測。因為我們也知道九重寺地底有什麼東西。」

「原來如此。也就是說，剛才的問題是試探啊。」

達也露出不甘心的表情，不過這是作戲。他知道並非風聲走漏之後鬆了口氣，而且現在也該透露自己正在開發新魔法了。現在也可說是投球牽制的好機會。

「如您所說，我目前正借用九重寺的地底設施，致力於開發新的攻擊魔法。」

「方便請教是什麼樣的魔法嗎？」

「當然。因為我不會對姨母大人有所隱瞞。」

達也以假惺惺的表情說出這句大謊言當開場白，回答葉山的問題。

「我正在開發的魔法，是近距離物理攻擊用的術式。我想您已經看過STARS安吉・希利鄔斯所使用的布里歐奈克的相關報告了。」

「那麼，您想重現布里歐奈克？」

「細部理論不同，但是概念正是如此。其實四月的時候，我曾在第一高中和無法用雲消霧散對付的對手比試過。」

「十三束家的『Range Zero』是吧？」

「原來您知道。我當時徹底地體認到，身為深雪的守護者，必須盡快開發能夠在遇上無法以『分解』對付的對手時，擊退對手的魔法。」

不知道是由衷還是做個樣子，葉山深深點頭回應達也這番話。

「這是很了不起的心態。」

「等到這個魔法完成之後，不只是『Range Zero』的想子鎧甲，應該也能貫穿十文字家的『連壁方陣』。我預料『明年一月』就可以公開。」

葉山瞬間露出嚴厲表情沉默下來，但他立刻恢復柔和的「管家笑容」，令人覺得剛才的模樣只是錯覺。

「魔法的名稱已經定案了嗎？」

「魔法還沒完成，所以只是暫定……」

「方便的話請告訴我。」

「完成的時候，我打算命名為『重子槍』。」

「……真可靠。期待一月的時候，能夠和深雪大人一同目睹您的成果。」

葉山說到這裡便站起身子。

達也也覺得時間差不多了。

「那麼，我同學們的護衛就拜託您了。」

「也請達也閣下努力執行任務。」

達也向葉山行禮之後離開面談室。

兩人之間不存在握手的動作。

◇◇◇

十月十五日，星期一。

熱鬧準備論文競賽的第一高中，被另一種喧囂籠罩。

前學生會長七草真由美，以十師族七草家長女的身分要求面會司波達也。這個消息引起學生們的關注。

不負責任亂傳謠言的學生們之中，有數人得知這個消息之後靜不下心。

前社團聯盟總長服部刑部。

學生會會計光井穗香。

還有一人是學生會會長暨達也妹妹的深雪。她看著達也與真由美走進會客室，感受到一股無法言喻的忐忑心情。

（下集待續）

後記

感謝各位讀者支持《魔法科高中的劣等生》至今。初次見面的讀者，本系列今後也請您多多指教。

久違的正傳，不知道各位的感想如何？最近得到許多機會撰寫外傳，我自己也抱持有點新奇的心情打字，不過正傳果然很棒呢。感覺在編織自己想要塑造的故事。寫外傳也很開心，但是這邊令我有種「深入」的感覺。

本次的古都內亂篇不同於預定計畫變成上下兩集，不過想到九島光宣這個重要角色是在這一篇正式參戰，就覺得這樣安排應該不錯。我以這種方式正當化自己的做法。下集還會有另一個勁敵密切介入劇情。到時候將是豪華陣容共同演出，敬請期待。

此外，雖然不是一開始就刻意安排，不過上集變成了「奈良篇」，下集則是「京都篇」。話是這麼說，但本集稱不上是充分描寫了奈良的景色，這是本次最該反省的部分。我希望下集能夠更加確實描寫當地的風景。

關於第十三集後記提到的九校戰小插曲，我希望盡可能在今年內開始寫作。因為這邊也包含了再不公開的話，可能會影響到正傳劇情發展的內幕……不好意思，我會想辦法處理（汗）。

本書上市時，動畫也進入佳境了。如同某些部分只有小說有描寫到，某些部分也只有在動畫描寫到，所以小說與動畫請務必一起欣賞。要是購買ＢＤ或ＤＶＤ一次看完，我想應該能夠更加享受劇情才對（笑）。

那麼，希望能在下一集〈古都內亂篇〉下集再度見到各位。

《魔法科高中的劣等生》今後也請各位多多指教。

（佐島　勤）

Kadokawa Light Novels

空戰魔導士培訓生的教官 1 待續

Kadokawa Fantastic Novels

作者：諸星悠　插畫：甘味みきひろ（アクアプラス）

大地被魔甲蟲占據，人類只能住在浮遊都市。
空戰魔導士是唯一能對抗魔甲蟲的魔法師——

就讀空戰魔導士培育機構——學園浮遊都市〈密斯特崗〉的彼方·英司是S128特務小隊菁英王牌。現在他卻被視為「特務小隊的叛徒」而受到眾人輕蔑、厭惡……某天，他被任命為連戰皆敗的E601小隊教官。這支小隊收容了三名個性特異的少女——？

NT$180/HK$55

台灣角川

Kadokawa Light Novels

Sword Art Online

刀劍神域Progressive 1~2 待續

Kadokawa Fantastic Novels

作者：川原 礫　插畫：abec

SAO首次大型活動任務，
桐人與亞絲娜面臨重大抉擇……

在艾恩葛朗特第三層等待兩人的是首次出現的大型活動任務。兩名不同族的精靈騎士正在森林裡交戰。在「封測時期」，這兩名NPC一定會同歸於盡，但桐人他們不知道為什麼成功地讓黑暗精靈的女騎士「基滋梅爾」活了下來──

台灣角川

各 **NT$260~320/HK$78~98**

國家圖書館出版品預行編目資料

魔法科高中的劣等生．14，古都內亂篇／佐島勤作；哈泥蛙譯．-- 初版．-- 臺北市：臺灣角川，2015.01-

冊；　公分

譯自：魔法科高校の劣等生．14，古都内乱編
ISBN 978-986-366-306-5(上冊：平裝)

861.57　　103024712

Kadokawa
Fantastic
Novels

魔法科高中的劣等生 14
古都內亂篇〈上〉

（原著名：魔法科高校の劣等生14 古都内乱編〈上〉）

2015年2月10日 初版第1刷發行
2022年3月15日 初版第6刷發行

作　者：佐島 勤
插　畫：石田可奈
日版設計：BEE-PEE
譯　者：哈泥蛙
發行人：岩崎剛人
總編輯：蔡佩芬
編　輯：黎夢萍
美術設計：黃永漢
印　務：李明修（主任）、張加恩（主任）、張凱棋

發行所：台灣角川股份有限公司
地　址：104台北市中山區松江路223號3樓
電　話：（02）2515-3000
傳　真：（02）2515-0033
網　址：www.kadokawa.com.tw
劃撥帳戶：台灣角川股份有限公司
劃撥帳號：19487412
法律顧問：有澤法律事務所
製　版：巨茂科技印刷有限公司
ISBN：978-986-366-306-5